『平成29度児童文学連続講座講義録』の刊行に際して

　国際子ども図書館では、児童サービスに従事している図書館員等の方々を対象に、国内外の児童書・児童文学に関する幅広い知識のかん養を目的として、「児童文学連続講座」を開講しています。平成16年度から平成28年度までの12回にわたる連続講座では、初回テーマ「ファンタジーの誕生と発展」を始めとして、児童文学に関わる多様なテーマを取り上げてきました。これまでの児童文学連続講座の概要及び講義録については、当館ホームページにも掲載しております。詳しくは、次のURLを御参照ください（http://www.kodomo.go.jp/study/chair/outline/index.html）。

　平成29年度の児童文学連続講座は、「絵本はアート、絵本はメディア」と題し、平成29年11月6日、7日に実施しました。企画に当たっては、日本女子大学教授であり、当館客員調査員を委嘱している石井光惠先生に監修をお願いしました。

　絵本は従来、教育性や文学的価値といった観点から理解され、現在でも子どもの読書推進の領域では、そのように捉えられることが多いかもしれませんが、一方で、30年近く前から既に絵本の視覚表現性に着目し、絵本を美術の観点から研究する動きが始まっていました。考えてみれば、絵本とは、何よりもまず視覚表現を通じて子どもたちはもとより大人の感性にも訴えかけるものです。そこで、今年度の児童文学連続講座では、絵本を美術の視点から長く研究してこられた各講師に、「物としての構造」「アート」「デザイン」「メディア」といった切り口から絵本について御講義いただきました。絵本の表現が同時代の美術、デザイン、写真等の視覚芸術をめぐる思潮、運動と深く関わっていることを御理解いただけたのではないでしょうか。今回の講座を機に、絵本表現のもつ深さや豊かさについて考え、子どもたちに絵本を手渡す上での新たな視点を得ていただけたのなら、これに勝る喜びはありません。なお、今回の連続講座では、平成29年11月1日から30日まで当館で開催した展示会「日本の絵本の歩み―絵巻から現代の絵本まで」の構成に基づき、絵本の源流とされる絵巻から現代の絵本にいたるまでの代表的な展示資料を当館職員が紹介しました。

　本書は、各講師の語り口をそのままに記録した講義録です。各講義録には、講義で使用したレジュメと、講義で紹介された資料のリストを収録しました。様々な御事情から受講することができなかった方、受講した内容を再確認して研究を深めたい方など多くの方々に、本講義録を御参照いただければ幸いです。

　末尾ながら、監修及び講師をお引き受けくださった石井光惠先生、そして講師をお引き受けくださった今井良朗先生、中川素子先生、松本猛先生に厚く御礼申し上げます。

平成30年9月

国立国会図書館国際子ども図書館長
寺　倉　憲　一

凡例

○ 本書は、平成29年11月6日及び7日に国際子ども図書館で開催した「国際子ども図書館児童文学連続講座―国際子ども図書館所蔵資料を使って」(総合テーマ：絵本はアート、絵本はメディア)を基に編集した講義録です。

○ 各講師の「レジュメ」、「紹介資料リスト」も併せて掲載しました。「レジュメ」は講義本文の前に、「紹介資料リスト」は講義録本文の末尾に掲載しています。それぞれ刊行に際し、必要に応じて改訂を行っていますので、講義当日に配布したものとは異なる場合があります。

○ 「紹介資料リスト」は、講義の中で紹介された資料のリストです。原則として国立国会図書館の所蔵資料の書誌情報を掲載しています。国立国会図書館に所蔵のない資料については、「国立国会図書館サーチ」等の書誌情報を参照しました。

○ 「紹介資料リスト」の「請求記号」の項には、国際子ども図書館の請求記号を記載しました。国際子ども図書館が所蔵しない場合は、国立国会図書館東京本館の請求記号を記載し、(本館)と付記しました(所蔵状況：平成30年7月現在)。

○ 講演会等の記録・配布資料等における意見にわたる部分は、講師等の個人的な見解であり、国立国会図書館の見解ではありません。

平成29年度国立国会図書館国際子ども図書館児童文学連続講座講義録

「絵本はアート、絵本はメディア」

目　次

『平成29年度児童文学連続講座講義録』の刊行に際して
　　　　　　　　　　　　　　　　　　　　　　寺倉　憲一　……….　1

凡例　　　　　　　　　　　　　　　　　　　　　　　　　　……….　2

講座概要　　　　　　　　　　　　　　　　　　　　　　　　……….　4

講師略歴　　　　　　　　　　　　　　　　　　　　　　　　……….　5

はじめに　　　　　　　　　　　　　　　　　　石井　光惠　……….　6

絵本を一冊まるごとウォッチング　　　　　　　石井　光惠　……….　9

絵本はアート　　　　　　　　　　　　　　　　中川　素子　……….　34

絵本とグラフィック・デザイン
　―デザイナーの絵本を中心に―　　　　　　今井　良朗　……….　56

絵本というメディアの可能性　　　　　　　　　松本　　猛　……….　78

展示会「日本の絵本の歩み―絵巻から現代の絵本まで」の紹介
　　　　　　　　　　　　　　　　　　　　　　東川　　梓　……….　98

おわりに　　　　　　　　　　　　　　　　　　石井　光惠　……….　108

講座概要

平成29年度国立国会図書館国際子ども図書館児童文学連続講座―国際子ども図書館所蔵資料を使って
総合テーマ「絵本はアート、絵本はメディア」

〇講義日程　平成29年11月6日（月）～7日（火）

	内　容	講　師
11月6日	開講、諸注意、講師紹介	
	はじめに	石井　光恵 （日本女子大学教授、 国立国会図書館客員調査員）
	絵本を一冊まるごとウォッチング	石井　光恵
	絵本はアート	中川　素子 （文教大学名誉教授）
	「日本の絵本の歩み」展紹介	東川　梓 （国立国会図書館国際子ども図書館 資料情報課展示係長）
	館内見学	
11月7日	絵本とグラフィック・デザイン ―デザイナーの絵本を中心に―	今井　良朗 （武蔵野美術大学名誉教授）
	絵本というメディアの可能性	松本　猛 （絵本学会前会長、 ちひろ美術館常任顧問、 横浜美術大学客員教授）
	講義のまとめ	石井　光恵
	受講者交流及び監修者コメント・質疑応答	
	修了証書授与、閉講	

講師略歴
(五十音順、敬称略)

石井　光惠（いしい　みつえ）
　日本女子大学大学院家政学研究科修士課程修了、現在は日本女子大学家政学部児童学科教授。絵本専門士養成講座講師。絵本学会理事、同学会事務局長を歴任。日本保育学会、日本児童文学学会、絵本学会等所属。国立国会図書館客員調査員
- 著　書　『保育で大活躍！絵本から広がるあそび大集合』（共著）、『幼児が夢中になって聞く！絵本の読み聞かせと活用アイデア 68―季節・行事編―』（共著）
- 編著書　『絵本学講座 2　絵本の受容』、『ベーシック絵本入門』（共編著）、『絵本の事典』（共編著）

今井　良朗（いまい　よしろう）
　武蔵野美術大学造形学部産業デザイン学科卒業。武蔵野美術大学視覚伝達デザイン学科教授、芸術文化学科教授を経て現在武蔵野美術大学名誉教授。絵本学会理事、会長を歴任。ポスター、絵本、デザインに関する展覧会を多数手がける。
- 著　書　『ワークショップのはなしをしよう：芸術文化がつくる地域社会』等
- 編著書　『絵本とイラストレーション：見えることば、見えないことば』『絵本におけることばとイメージ』（共編著）、『イラストレーション・絵本』（共編著）等

中川　素子（なかがわ　もとこ）
　東京藝術大学大学院美術研究科修了。文教大学教育学部初等教育課程美術専修教授、京都造形芸術大学客員教授などを経て現在、文教大学名誉教授。絵本学会会長（2009-2012）、形の文化会幹事（1997-2013）
- 著　書　『スクール・アート：現代美術が開示する学校・教育・社会』、『絵本は小さな美術館：形と色を楽しむ絵本 47』、『絵本はアート：ひらかれた絵本論をめざして』『本の美術誌：聖書からマルチメディアまで』等
- 編著書　『絵本ビブリオ LOVE：魅力を語る・表現する』、『絵本学講座 1　絵本の表現』、『絵本学講座 4　絵本ワークショップ』、『絵本の事典』（共編著）、『絵本でひろがる楽しい授業』等
- 絵　本　『アウスラさんのみつあみ道』（スタシス・エイドリゲーヴィチュス 絵）

松本　猛（まつもと　たけし）
　東京藝術大学美術学部芸術学科卒業。「いわさきちひろ絵本美術館」（現、ちひろ美術館・東京）、「安曇野ちひろ美術館」を設立。同館館長、長野県信濃美術館・東山魁夷館館長、絵本学会会長を歴任。現在、ちひろ美術館常任顧問、横浜美術大学客員教授
- 著　書　『安曇野ちひろ美術館をつくったわけ』、『ちひろ美術館の絵本画家たち』、『いわさきちひろ　子どもへの愛に生きて』等
- 編著書　『絵本学講座 3　絵本と社会』等
- 絵　本　『ふくしまからきた子』（松本春野 絵）、『そつぎょう：ふくしまからきた子』（松本春野 絵）、『白い馬』（東山魁夷 絵）、『りんご畑の 12 か月』（中武ひでみつ 絵）『海底電車』（松森清昭 絵）等

はじめに

石井　光惠

　はじめに、本講座の今回の企画について御説明をさせていただきたいと思います。

　戦後70年を過ぎました。「岩波の子どもの本」シリーズや福音館書店の「こどものとも」が創刊されて60年を越す歳月が流れました。

　日本の絵本は、海外の絵本に学びながら進歩・発展を遂げてきました。21世紀の現在、日本は押しも押されもせぬ「絵本大国」と言ってよいと思います。

　日本の絵本がなかなか海外で翻訳出版されないという嘆きの声もあるようですが、日本国内では絵本文化を豊かに享受していることに変わりはありません。私たちの周囲は絵本に満ちていると言ってよいでしょう。

　海外の絵本で、「これは！」と思うものは、ほぼリアルタイムで翻訳出版されるようになっています。1960〜1970年代ぐらいまでは、10年15年ぐらい前の絵本が翻訳されて、それを楽しんでいるというような状況でしたが、今は海外で出たとなるとほぼリアルタイムで日本の出版社から出て、楽しむことができるようになっています。絵本の情報は、決して世界に後れを取っていません。日本は海外からいろいろ学びながら絵本を発展させてきましたけれど、現在では世界と同じぐらいのスピードで動いていっていると思います。

　絵本の研究も大分進展してきました。主に子どもの発達と絵本という観点からの蓄積が多くなってきています。最近では赤ちゃんの発達を研究する研究者、東京大学の開一夫先生などがそうですが、赤ちゃんを研究して、そのデータで絵本を作るというようなことも起こってきていますし、また心理学者も絵本に注目をしはじめています。「共同注意」という現象があります。幼い子が大人と一緒に同じものを同時に見る、お互いに同じものを見ているねということで、joint attentionと呼ばれます。心理学では、そういう角度から見ても絵本は大変興味深いということを述べていまして、これはかなり納得できると私も思います。

　それから、幼児教育関係の立場からは昔から研究はされていまして、かなりの蓄積があろうかと思います。「絵本」への教育的な視点というようなものもかなり貯まってきているだろうと思います。

　また、「絵本」は児童文学の範疇にありまして、読み物的といいますか、文学的な視点からも、絵本の文学性・芸術性への探求というのは行われてきています。

　私は、そういうものを踏まえた上で、1990年頃から新しい動きが出てきていると思っています。というのは、「絵本」の視覚表現性、絵本の絵から私たち読者が受けることに着目する、そういう動きが出てきているからです。その中で、絵本そのものの構造や、絵本の「絵」の構造や働きといったものに注目が集まりはじめました。ここ30年ほどのそうした動きが、読者に対して新しい絵本への理解を深めさせていると思います。

　私たちが知らず知らずのうちに「この絵本は面白いね」と思える、その感覚というのは、やはりその30年間の絵本の視覚表現性への目覚めと申しましょうか、絵を読む目が開かれたと申しましょうか、そういう方向から培われてきています。

　それともう一つ、メディアが急速な発展を遂げています。これは総務省の平成26年通信利用動向調査（世帯編）[1]の平成26年末のデータですが、スマートフォンを保有している割合は全体で64.2％、おそらく現在は、もっとはるかに多くなっていると思います。

　お見せしたかったのは、その同じデータでの世帯主年齢別での保有の割合です。20代30代のスマートフォンの所有率は90％を超えており、すごく高いですよね。20代と30代では、若干30代が少ないですね。40代50代ぐらいになると10％

---

[1] 「平成26年通信利用動向調査（世帯編）」総務省ウェブサイト <www.soumu.go.jp/johotsusintokei/statistics/pdf/HR201400_001.pdf>

はじめに

ずつぐらい少なくなり、60代以上では36.2％とがくんと減っておりまして、ここに大きな溝があります。

さて、スマートフォンです。手のひらで通信とインターネット上の検索ができるという。本当に大変に小さくて、いつでもバッグの中から出してすぐに調べられるものが一人一人の手元にあるという状況です。

同時に、SNSが大変に広がっています。SNSは情報の発信とか伝達の拡大、それからグローバルな感覚の取得というものに貢献していて、私たちは知らず知らずのうちにそういう流れの中に巻き込まれているわけです。時代は変わったというのが私の実感です。

今回は「絵本」に特化した講座ですが、「絵本」に特化して児童文学を考えるということも、本当に近年のことです。児童文学といえば読み物の世界でした。今回の児童文学連続講座にこんなにたくさんの方たちに来ていただけるというのも、「絵本」への関心がいかに高まっているかということの表れでもあります。また、体系的に「絵本」を学びたいという欲求、志向も高まっているのだと思います。それは戦後70年の豊かな絵本と研究の蓄積によって、絵本が単なる子どもだましというか、子どもを楽しませるためだけのものではなくて、大人たちも楽しめるものとして、現在出てきているということがその一つの表れだと思うのです。「大人にとっても面白い」、これが重要なことです。大人にとって面白いと思えるものは、大人が真剣に関わりますので、さらに発展していく要素になります。

今回この講座では、1990年以降の動きということで、視覚表現性への着目ということと、絵本とデザインの関係を取り上げました。

絵本がこれだけ豊かになり発展していることの一つの要因として、私はグラフィック・デザイナーたちが、絵本へ関心を示し、参入してきたということがとても大きいと思っています。デザインという感覚が絵本に入ってきたということです。

もう一つは、先ほど申し上げましたとおり、メディアというものが急速に進展しているということです。メディアというと昔はマスメディアを指す言葉として使われていましたけれど、今は個々人が発信できるのです。SNSを通して、インターネットなどでも、自分たちの関心のあることを、個人がアップすることが可能になってきています。そういうふうにマスメディアから、個々の人たちのメディアとして、メディアが変わってきています。このことが、今出ている絵本やこれから出てくる絵本を見る上で欠かせない視点だと思っています。

1990年代に、絵本に対する見方を大きく変えたのが、今日午後からお話しいただく中川素子先生が編集をされた『絵本はアート』[2]という本です。絵本の中には、もちろん昔から芸術性やメディア性という要素はあります。しかし、それが大きくクローズアップされて絵本の中で生きてくるというのが「現代」なのです。

そのときに、どう考えたらいいかということを教えてくれたのが、中川先生の『絵本はアート』という本でした。中川先生は、絵本というのはアート作品だというふうに語っているのです。一冊一冊が作品としての芸術性を持つという考え方です。絵本の中の芸術性として、絵本は芸術的だといわれてきたものと若干趣を変えて強調されはじめているということです。このことを今回まとめて、講座として展開したかったのです。美術的な視点から絵本を見るという考え方です。私たちが今楽しんでいる絵本はそういう基盤の上に成り立っているということを、再度はっきりと確認していただければと思います。

従来のような、子どもたちの教育に有効だとか、このテーマは優れた社会性を反映した文学になっているとか、そういうことではなくて、絵そのものを見たときに絵本がどう見えてくるかということについて、企画としてまとめてみました。今日は中川先生に「絵本はアート」という題でお話しいただき、明日はデザイン、そしてメディアとして、絵本がどう変遷してきているかということをお話しいただく企画になっています。

絵本を楽しめるということは、絵本を理解できるということです。楽しめないということは、そ

2　中川素子 著『絵本はアート ひらかれた絵本論をめざして』教育出版センター, 1991.

はじめに

の絵本を理解できないので楽しめない、ということでもあります。

『もこもこもこ』[3]という絵本は、ここにいらっしゃる大抵の方が知っている絵本だと思いますが、1977年に出版された時は大人が楽しめる絵本ではありませんでした。奇妙奇天烈な変な絵本ということで、無視というか、目に留まらない状況だったのです。しかし、10年後にはたくさんの人たちの手に渡って大人気になりました。それは赤ちゃんたちが「発見」したということだと思うのですが、「赤ちゃんたちがこの絵本を読むと笑うのよ。喜ぶのよ」という口コミで広がっていったのです。従来の考え方から離れて「絵本を読める」「絵本を楽しめる」というのは、絵本への考え方が変化していっているということなのです。

今後、絵本を理解していくために、多分、この講座で学ばれたことは基礎になると思います。ですから、この講座で学んでいっていただいて、新しい絵本を楽しめる、そういう感覚を育てていっていただければと思います。

---

[3] 谷川俊太郎 文, 元永定正 絵『もこもこもこ』文研出版, 1977.

> レジュメ

絵本を一冊まるごとウォッチング

石井　光惠

　絵本は、手にとってはじめてみる表表紙から、読み終わって閉じた裏表紙まで、すべてまとめて一つの作品として完結するものです。本の大きさ、厚さ、重さ、形、紙の手触り、絵本の綴じ方（綴じない絵本もあります）、絵本の開き方まで含めて、まるまる一冊すべてが絵本の表現といえます。また、一見何の変哲もない形の絵本でも、絵本づくりでは絵本のさまざまな部位に多彩な遊びや工夫が凝らされ、それらが有機的にデザインされていきます。絵本を一冊まるごとウォッチングしてみましょう。見過ごされがちなところに、目を向けてみると、絵本の違った面白さが見えてきます。それぞれに「こんな絵本があります」という一例をあげておきます。

１．絵本の大きさ、厚さ、重さ、形、紙の手触り、絵本の綴じ方、開き方、めくり

１）絵本の大きさ

　絵本は大きさも、大小さまざまです。赤ちゃん絵本には、小型のものが多くあります。赤ちゃんの目が追える範囲や、小さな手や体が考慮されているのでしょう。一方とてつもなく大きな絵本というものもあります。ビッグブックといって、多くの人数に一度に読むとき用に、拡大されたものもありますが、それとは違って、もともと大きなサイズで作られたものもあります。

- 小型の絵本　『ピーターラビットのおはなし』ビアトリクス・ポター作、いしいももこ訳、福音館書店、1971（*The tale of Peter Rabbit*, 1902）
- 大型の絵本　『えんそく』片山健作、架空社、1994

  『くまさん』レイモンド・ブリッグズ作、角野栄子訳、小学館、1994（*The bear*, 1994）
- 一般的なサイズの絵本
- ビッグブック　『はらぺこあおむし』エリック・カール作、もりひさし訳、偕成社、1994（*The very hungry caterpillar*, 1969）
- 豆絵本・豆本　『ぱたぱたぽん　のびるのびる豆絵本』長新太ほか、福音館書店、1994

  『みぎのほん　ひだりのほん』（ふたごえほん）五味太郎作、絵本館、1996

２）絵本の形

　形もまたさまざまです。内容にあった本の形が自由に選択されるのも絵本の特徴です。最近は、絵本にしかけることが多くなって来ていますので、特殊な形も目立ちます。昔は、「こどものとも」を縦から横長の判にしただけで、書棚に並べにくいというので書店から苦情が来たということでしたが、いまはそれも笑い話です。

- 真四角な絵本　『ちいさなうさこちゃん』ディック・ブルーナ作、いしいももこ訳、福音館書店、1964（*Nijntje*, 1955）
- 丸い絵本　『あかちゃん』tupera tupera作、ブロンズ新社、2016

・横長の絵本　『ほしのひかったそのばんに』わだよしおみ文、つかさおさむ絵、こぐま社、
　　　　　　　1966
・縦長の絵本　『つきのぼうや』イブ・スパング・オルセン作、やまのうちきよこ訳、
　　　　　　　福音館書店、1975（*Drengen i Månen*, 1962）
・特殊な形をした絵本　『パンのおうさま』えぐちりか作、小学館、2014
　　　　　　　　　　『ちいさなみどりのかえるさん』フランセス・バリー作、たにゆき訳、
　　　　　　　　　　大日本絵画、2008（*Little green frogs*, 2008）

3）絵本の厚さ

　絵本は、厚さもまたまちまちです。ページ数が多かったり、使用されている紙が厚かったりですが、本の厚さというのも、絵本がモノであることを主張しています。
・厚い絵本　『らくがき絵本』五味太郎作、ブロンズ新社、1990
・薄い絵本　『日がのぼるとき』駒形克己、One Stroke、2015

4）絵本の重さ

　絵本の大きさや、厚さ、使用されている紙、本が作られている素材などでも、重さは違ってきます。絵本の重さは、いろいろです。でも、しっかりと絵本には重さがあります。
・重い絵本　　・軽い絵本

5）紙の手触り

　使用されている紙質によって、当然ながら絵本の手触りがいろいろと違ってきます。そのことにこだわる作家たちも出てくるようになり、グラフィック的な探求もさることながら、よりよい表現を求めての探求が紙の手触りにも及んでいます。ブルーノ・ムナーリや駒形克己は、絵本の紙質にこだわります。紙質によっても、絵本の印象はかなり変わります。もちろん読者に与える、触感としての印象もだいぶ違います。
・『ぼく、うまれるよ！』駒形克己作、One Stroke、初版（1995）と改訂版（1999）の違いに注目
・『きりのなかのサーカス』ブルーノ・ムナーリ作、八木田宜子訳、好学社、1981（*Nella nebbia di Milano*, 1968）

6）絵本の綴じ方

　本は綴じてあることをもって、本とする。と、いうのが常識でしたが、その綴じ方というのも、絵本はさまざまです。構造上のこともありますが、表現上からも綴じ方にこだわりを持つことがあります。箱で綴じるとは、聞き慣れないことばです（私が今回考えました）が、ある枚数のものを箱に入れて、本としてのまとまりを示すという形の絵本のことです。おもちゃとのはざまで葛藤もあるようです。
・リングで綴じる　　・糸で綴じる　　・糊で綴じる　　・箱で綴じる

7）綴じない絵本

　あえて綴じないことを表現としたいという絵本もあります。多くはしかけ絵本というジャンルで括られていますが、現在はこのようなものが増えています。カード式の絵本などは、1990年代には画期的なものでした。これも絵本？というのが、一般の反応だったように思います。
・絵巻式　歴史的に古いものに、多く見られる形態ですが、現在では印刷の制限もあって、こ

の表現を使用したいものは、蛇腹式の形態を多く取るようです。
- カード式 「Little eyes」シリーズ、駒形克己作、偕成社、1990～1992
     これは、「箱で綴じる」に入るものですが、1枚1枚は綴じないということで…。
- 蛇腹式 『絵巻えほん　びっくり水族館』長新太作、こぐま社、改訂版、2005
- スパイラルに折りたたんで『くまさんどこかな？』タカハシカオリ作、河出書房新社、2015
     『土のなかには』駒形克己作、偕成社、1993
- 一枚絵で 『うらしまたろう』藤本真央作、青幻舎、2016

8）絵本の開き方

　欧米の絵本の場合には、右開きの絵本はありません。日本のように文字を縦に綴って文章にする国のものです。最近は、日本でも横書きにして、左開きのものの方が多くなっています。横に開くばかりでなく、縦に開いてもよいではないか。高さを表現するには縦に開いて、縦に長い空間を出現させたいというようなことや、縦に開くことによって、読者が登る感覚や、降りる（下へ潜る）感覚を味わうことが可能だとすることで、縦開きなども出ています。やはり広い空間の表現のために、途中に観音開きのページを入れることもあります。
- 横開き（右開き、左開き）
- 縦開き（上から下へ、下から上へ）『100かいだてのいえ』いわいとしお作、偕成社、2008
     『きょうのおやつは』わたなべちなつ作、福音館書店、2014
- 観音開き 『パパ、お月さまとって！』エリック・カール作、もりひさし訳、偕成社、1986
     (*Papa, please get the moon for me*, 1986)

9）"めくり"の工夫

　絵本において「めくる」ということは、絵本というものの本質を示すことでさえあります。したがって、どの絵本にも「めくる」ということは意識されており、さまざまな工夫がなされています。長新太が『ちへいせんのみえるところ』（ビリケン出版、1998）＊で試みた「でました」とことばがあって、次のページに絵としてモノが出てくる形などが、「絵本をめくる」ことの端的な意味なのでしょう。めくることによって、次のページに変化が生まれる、それが絵本です。下記には、特に変化の大きいものをあげてみました。また勢いをつけためくりで絵本を読む、フリップブック（パラパラまんがとよくいわれますが、絵本の一種としても考えられています）などもめくるということでは、面白いものです。
- 『いないいないばあ』松谷みよ子文、瀬川康男絵、童心社、1967
- 『のりものつみき』よねづゆうすけ作、講談社、2011
- 『へんなおでん』はらぺこめがね作、グラフィック社、2015
- フリップブックのいろいろ

＊ビリケン出版の『ちへいせんのみえるところ』はエイプリル・ミュージック（1978）の複刻

2．絵本の各部位の遊びから

　主な部位の工夫と遊びを下記の8つに分類してみました。
1）カバー（ジャケット）　　2）表紙（表表紙と裏表紙）3）見返し
4）扉（とびら）　　　　　　5）遊紙の挿入　　　　　　6）のど（本のつなぎ目）を利用して
7）奥付（おくづけ）　　　　8）帯のコピー（広告文・宣伝文句）

これら部位での遊びや工夫には、物語世界への導入や読者に誘いかけをする働きがあり、テーマや話の内容をアピールしつつ、インパクトを強く感じさせる効果もあります。デザインは知的な計算がその基盤にあり、遊ぶ楽しさ、愉快さ、面白さ、驚き、美しさなどもろもろの感情を読者に引き起こさせるものが込められています。それらが、絵本というものを印象深いものにしているのです。

1）カバー（ジャケット）の遊びと工夫

　絵本には、カバーの全くないものもありますが、多くの場合はついています。そのカバーも、本を保護するという意味から離れて、オシャレに演出されることがあります。遊び心に富んだカバーを紹介します。

- 『ちずのえほん』サラ・ファネリ作、ほむらひろし訳、フレーベル館、1996（*My map book*, 1995）
- 『マドレンカ』ピーター・シス作、松田素子訳、BL出版、2001（*Madlenka*, 2000）
- 『わにのなみだ』アンドレ・フランソワ作、いわやくにお訳、ほるぷ出版、1979（*Les Larmes de Crocodile*, 1955）
- 『しろねこくろねこ』きくちちき作、学研教育出版、2012

2）表紙の遊びと工夫

　表紙は絵本の顔なので、絵本を作る人々にとってはインパクトがあって、内容をある程度示せて…と楽しい悩ましさに溢れた部位なのではないでしょうか。

- 『アンジュール』ガブリエル・バンサン作、BL出版、1986（*Un jour, un chien*, 1982）
- 『こすずめのぼうけん』ルース・エインワース文、堀内誠一絵、福音館書店、1977（こどものとも傑作集）("The sparrow who flew too far," *Ruth Ainsworth's Listen with Mother Tales*, 1951）
- 『はじめてのおつかい』林明子作、福音館書店、1977（こどものとも傑作集）

3）見返しの遊びと工夫

　見返しは、本を丈夫にするために構造上なくてはならないものですが、そこを使ってさまざまな遊びが展開されます。シンプルなものから凝ったものまで、多種多様です。デザイナーの腕の見せ所といった感もあります。また、色彩にもこだわりが見られます。

- 『本の子』オリヴァー・ジェファーズ＆サム・ウィンストン作、柴田元幸訳、ポプラ社、2017（*A child of books*, 2016）
- 『かもさんおとおり』ロバート・マックロスキー作、わたなべしげお訳、福音館書店、1965（*Make way for ducklings*, 1941）
- 『星の使者』ピーター・シス作、原田勝訳、徳間書店、1997（*Starry messenger*, 1996）
- 『イヌのすべて』サーラ・ファネッリ作、掛川恭子訳、岩波書店、1998（*A dog's life*, 1998）
- 『はせがわくんきらいや』長谷川集平作、復刊ドットコム、2003（初版1976）
- 『*Lines*』Suzy Lee作、Chronicle Books、2017

4）扉（とびら）の遊びと工夫

　表紙が絵本の顔なら、扉は絵本の入り口（正面玄関でしょうか）です。「さあ始まるぞ」という緊張感のある扉のデザインが展開されます。単に題名が描いてあるページというだけのものではないのです。

- 『ひとあしひとあし　なんでもはかれるしゃくとりむしのはなし』レオ・レオニ作、谷川俊太

郎訳、好学社、1975（*Inch by inch,* 1960）
・『ガンピーさんのふなあそび』ジョン・バーニンガム作、みつよしなつや訳、ほるぷ出版、1976
　（*Mr Gumpy's outing,* 1970）

5）遊紙を挿入して

　絵本を丈夫にする構造上の問題だけでしたら、見返しがあればすむのですが、オシャレに扉までの間に何枚かページを挟む場合があります。装飾や絵本の表現の一つです。

・『おかあさん』シャーロット・ゾロトウ文、アニタ・ローベル絵、みらいなな訳、童話屋、1993
　（*This quiet lady,* 1992）
・『月光公園』宙野素子文、東逸子絵、三起商行、1993

6）のどを利用して

　従来絵本の「のど」と呼ばれる部分は、じゃま者、嫌われ者でした。本を綴じるとどうしてもできてしまう部分です。絵本では、見開きの大画面を真ん中で切ってしまいかねない嫌な部分でもありました。ところが、近年「のど」の動き（のどはパタパタと動きます）を利用して絵本に動きを出現させたり、「のど」を見えない世界への通路としたりと、そこを逆手にとって絵本を展開するものが出てきました。2000年を過ぎての新しい試みかと思います。

・『こころの家』キム・ヒギョン文、イヴォナ・フミエレフスカ絵、かみやにじ訳、岩波書店、2012（『마음의 집』2010）
・『オニオンの大脱出』サラ・ファネリ作、みごなごみ訳、ファイドン、2012（*The Onion's Great Escape,* 2011）
・『なみ』スージー・リー作、講談社、2009（*Wave,* 2008）
・『いたずらえほんがたべちゃった！』リチャード・バーン作、林木林訳、ブロンズ新社、2016
　（*This book just ate my dog!,* 2014）

7）奥付の記載いろいろ

　忘れられがちなのが、この「奥付」です。絵本の戸籍のようなもので、無くてはならないものです。奥付を記すデザインもいろいろで、絵本の邪魔にならないように密かに美しくデザインされています。子どもは全く気にしませんし、大学生も言わないと見過ごします。

8）帯の幅の遊びと工夫＋広告文（コピー）の妙

　帯は、買い手の目につくようにする広告の一種です。広告ですから、そこは買ってもらえるかどうかの大切な部分です。帯に付けられるコピーは、単刀直入にして魅力的にと頭がよく絞られていて、その的確な表現に感心しますし、また愉快に楽しめます。絵本本体の邪魔にならないように、そして目立つようにと、帯の幅や絵本へのかけ方なども含め、あの手この手で工夫されています。もちろん、図書館では除かれてしまいます。

・『りんごかもしれない』ヨシタケシンスケ作、ブロンズ新社、2013
・『アンリくん、パリへ行く』レオノール・クライン文、ソール・バス絵、松浦弥太郎訳、Pヴァイン・ブックス、2012（*HENRI'S WALK TO PARIS,* 1962）

まとめ

　こうして絵本の構造を起点にウォッチングしてみただけでも、絵本には表現媒体としての可能性がさまざまにあります。その広範な可能性が、作家も読者も共に多くの人々を魅了してやまないのでしょう。そこに今日の絵本発展の鍵があるのかもしれません。

絵本を一冊まるごとウォッチング

石井　光恵

　私は、専門が児童文化という領域で、いつもは美術の視点でものを語るということはありません。美術が専門ではない私として、どういう観点から皆さんにお話ししようかと考えたときに、「絵本を一冊まるごとウォッチング」してみてということを考えました。

　絵本をウォッチングなんてちょっと聞き慣れない言葉かもしれませんが、要は絵本を観察してみようということです。絵本の魅力を絵本の構造という観点から探る試みです。レジュメの始めにもありますように、従来はテーマとか、ストーリーから捉えたのですけれど、まずはモノとして捉えてみようということです。

　もちろん、内容の面白さとか、話の展開の面白さとかで、これって面白いねっていうこともあると思いますが、絵本そのものの美しさというものも、絵本の魅力の一つとしてあるのではないかと思います。若い女性たちがそばに置いて、愛でると申しますか、その美しさを楽しむというようなことですね。

　本屋だけではなくて、雑貨屋で絵本が売られた時期もあります。今でも売られているかもしれないですが。つまり、本というより小物扱いですね。そういうのもやはり、絵本の表現している美しさの一つであろうかと思います。それから、インテリアとして飾っておきたいみたいなことも、絵本の内容ではなくて、絵本そのものの物としての美しさということもあろうかと思います。

　私が今日これからお話しする内容はやはり、絵本はアート作品だという考え方が根底に据えられて、そして可能になった取り上げ方だと思います。1980年頃ではかなり違和感があったことだと思うのですが、今はあまり違和感なく見ていただけるのではないかと思います。

　まるまる一冊全てがその絵本の表現となります。この、まるまる一冊全てが絵本の表現となるという例として、とてもいい絵本が2017年に出ました。日本の出版社からはまだ出版されていません。ただし、文字がない絵本なのでインターナショナルで、どなたでもすぐ読めるという状況です。

　この作家は、スージー・リー（Suzy Lee）という韓国の作家です。絵本作家ではありますが、ブック・アートとか、ブック・デザインなどをイギリスで学んだ方でもありますので、本の作り、構造ということに大変力を入れてというか、凝って作ります。そういう意味でも今日お話しするのに良いかと思いますので、見ていきます。これは洋書で、*Lines*[1]という作品です。カバーはジャケットとも呼ばれ、本を保護するものなのですが、ここから既に絵本のデザインが始まっています。カバーに、書名と作家名が、スケートのラインのような、流れる線で描かれています。

　カバーを広げて裏側も見ていきます。この本のコンセプトが既に出ているのですが、消しゴムと鉛筆があります。で、この鉛筆で先ほどの書名と作家名のラインを引いている、ということが暗示されています。後で実物を見ていただくとお分かりになると思いますが、カバーの女の子が滑っている部分は特殊な加工がされていまして、氷のような、光る冷たい感じで印刷がしてあります。カバーの裏側の方は、紙のそのままの質感になっています。ですから、紙に描くということと、氷上を滑っていくという感じとが、両方とも、印刷を

1　Suzy Lee, *Lines*, 2017.

通して出ています。

今見たのがカバーです。表紙のデザインとは異なります。日本の場合には、カバーと表紙で同じ図を使うことがとても多いです。ただ、海外の場合にはこのように、表紙とカバーを異なる形で作るということもままあります。今回の表紙ではスケートの跡、ラインの跡が引かれているようなものになっていますね。表表紙と裏表紙が連続して一つの氷の上となっています。

見返しの部分は、スージー・リーがこれから物語を描くぞ、という画面になっています。紙と鉛筆と消しゴムを載せています。まだ始まっていないのですがこれから始めるよ、というのが見返しですね。

扉は、ここから始まりますという、おおむね書名と作家名と出版社名が記される、そういうページです。先ほどのカバーと同じように、書名と作家名と、それから、出発点から流れるような線が描かれています。上に向かって切れているところに注目しておいてください。

1ページから次が始まりますが、扉と線が続くのが分かりますか。左上からすーっと伸びていますが、このラインはつまり、扉の文字も1ページ目で出てくる女の子のスケートのラインだったということと、上から一挙に滑り降りるその爽快感を表しています。連続性があるのです。絵本というのは、ページをめくるごとの連続性を大事にしています。もちろん、スパンと切るときもありますが、こういうふうにめくることで連続していくというものがあります。「めくり」ということで、後で取り上げてお話しします。

物語が始まりました。女の子が滑りますね。そして、細い線太い線が絡まり、このような滑りをするというのは相当な滑り手ですよね。すーっと滑って行きます。それから回転。日本の国ではフィギュアスケートは花形ですよね。冬季オリンピックで金メダルが獲れそうだというので、羽生結弦さんや他のスケーターの話題で持ちきりなので、皆さんもどこかでこのようなフィギュアスケートの映像を御覧になっていると思います。ですので、よく御理解いただけると思いますが、まさにその回転と滑りです。そして、右側にすっと止まりますね。こういう角度でひゅっと止まるというのは、なかなかですよね。今度はジャンプ。ここがなかなか難しいのですね。滑って回転して、そういう技術を見せたら、今度はジャンプですよね。このジャンプがなかなか難しくて羽生さんでも失敗するっていう、そういうとき私たちは「はぁー」とか言いながら見ているのですが。この女の子も、バランスを崩しました。そして転んでしまいます。作者のリーは、転んでしまった女の子の絵をくしゃくしゃっと丸めてしまいました。さっきまではスケート場の女の子の物語だったのですが、ここでは、絵本を作っているリーの癇癪を、ぐしゃぐしゃに丸められた紙の絵で表現しています。それを開いてみると、女の子が隅っこで呆然としています。

そこに、いかにも楽しそうにお尻で滑ってきている男の子が見えますか。そうなんです、スケートは技術ではなく、滑ることを楽しむスポーツなのですね。ですから、失敗を嘆くよりも、こうやって皆で好き勝手に滑って、お尻で滑ったりお腹で滑ったりと、楽しむスケートをここで展開していきます。そういう子どもたちが集まり、周りを見回すといろいろな滑りで遊んでいます。

最後はみんなで列を作って滑ります。楽しいスケートが終わって、後ろの見返しにはもう子どもたちが十分遊んで帰宅して、いなくなったその氷の上を描いています。リーは細かくて、その一枚の絵の後ろにたくさんの紙を重ねています。ですから、ここまで絵を描いてきたよというようなことを、後ろの見返しで表しているわけです。前の見返しではまだ何も描いていない紙がありました。今から描きますよということと、後ろの見返しで、描き終わりましたよということで、前と後ろで真ん中の物語が綴じられているわけです。カバーの後ろは、鉛筆と消しゴムの跡で終わっています。とても示唆的な表現だと思います。

1　絵本の大きさ、厚さ、重さ、形、紙の手触り、絵本の綴じ方、開き方、めくり

さて、それではレジュメの1ページ（p.9.）のところで述べた、大きさや厚さといった絵本のモノ性（絵本はモノであるということ）というところ

から入っていきたいと思います。今御覧いただきましたように、様々な部位でいろいろな工夫がされているということが、今日お話ししていく主題なのですけれど、その前に、絵本のモノ性についてお話ししていこうと思います。絵本の大きさ、厚さ、重さ、絵本の形、紙の手触り、絵本の綴じ方、絵本の開き方、絵本のめくり、みんな様々です。

1）絵本の大きさ

今、画面に映しているのは、ここ国際子ども図書館の地下の書庫にある、様々なビッグブックです。普通の大きさで出ている本を拡大している絵本たちです。読み聞かせに使ったりします。かなり大きくて重いものです。

さて、絵本の大きさはいろいろです。絵本の大きさがいろいろだということを我々は何の矛盾もなく受け止めていますが、1953年に「岩波の子どもの本」[2]が出たときには、全部同じ大きさの絵本だったのですね。絵本の大きさはそれぞれに違うものだと批判を浴び、次第に絵本というものはそれぞれ大きさも違い、厚さも違い、開きも違うということを、皆が言うようになってきます。ですから、書店が絵本を並べるときは大変な苦労です。同じ大きさでないので。棚が大きかったり小さかったり。いろいろ大変なことだと思うのですが、それが絵本だということです。そういうことが分かるためにも、やはり10年ぐらいの時間はかかっていたのです。

次の写真は判型の様々な現代の絵本です。この『えんそく』[3]というのは、『ピーターラビットのおはなし』[4]を基準に考えてみると分かりますが、とても大きいです。これはいわゆるビッグブックではなくて、この大きさで本を作ったのです。なかなか、こういうことはしません。売れませんものね。御家庭に一冊どうぞというわけにもいかず、ということだと思いますが、この大きさの絵本を出したのです。

『これがほんとの大きさ！』[5]というのが普通の大きさか、ちょっと大きめです。その下の『わにのなみだ』[6]は非常に横長の絵本になっているのが分かりますか。こういうように、判型は様々です。これは現代の常識になっています。

さらに最近は、一つの同じ絵本でもいろいろなサイズの本を作るということもされています。例えば、『100かいだてのいえ』です。まずビッグブック[7]ですね。ここにありますが、こんなに大きく、厚くて、重いです。当然のことながらボードブックでないと、これだけの大きさを支えきれませんから、すごく重い本になっています。通常サイズ[8]は2008年に偕成社から出ていて、私が測ったわけではないですが、amazonでは30cm×21.1cmとのことです。国際子ども図書館の表記ともちょっと違っていますが、測り方によって多少のずれはあります。

ミニブック[9]というのは縦横小さくなっていまして、お母さんのバッグとかに入れて、持って歩けるようになっています。後でめくりということも話しますが、これは上から下へめくるようになっています。下から上へだんだん上がっていく感覚というのがつかめるようにと、メディア・アーティストの岩井俊雄が考えたということです。いずれにしても、一冊の同じ絵本でも大きさを変えて出しているということです。

私はビッグブックに対して批判的です。これは『はらぺこあおむし』のビッグブック[10]ですけれど、『はらぺこあおむし』は普通の絵本[11]だと、あおむしの食べる穴が赤ちゃんの小指がやっと穴から出るぐらいの大きさなのです。大人の指では穴につかえてしまうのに、このビッグブックだと、大人の指でも3本は入ってしまいます。蛇だってここを通ってしまうよっていう、そういう大きさ

---

2 「岩波の子どもの本」岩波書店, 1953年刊行開始。
3 片山健 作『えんそく』架空社, 1994.
4 ビアトリクス・ポター 作, 石井桃子 訳『ピーターラビットのおはなし』福音館書店, 1971. (Beatrix Potter, The tale of Peter Rabbit, 1902.)
5 スティーブ・ジェンキンズ 作, 佐藤見果夢 訳『これがほんとの大きさ！』評論社, 2008. (Steve Jenkins, Actual Size, 2004.)
6 アンドレ・フランソワ 作, 巖谷国士 訳『わにのなみだ』ほるぷ出版, 1979. (André François, Les larmes de crocodile, 1955.)
7 岩井俊雄 作『100かいだてのいえ（ビッグブック）』偕成社, 2009.
8 岩井俊雄 作『100かいだてのいえ』偕成社, 2008.
9 岩井俊雄 作『100かいだてのいえミニ（ボードブック）』偕成社, 2015.
10 エリック・カール 作, 森比左志 訳『はらぺこあおむし（ビッグブック）』偕成社, 1994. (Eric Carle, The very hungry caterpillar, 1969.)
11 エリック・カール 作, 森比左志 訳『はらぺこあおむし』偕成社, 1976. (Eric Carle, The very hungry caterpillar, 1969.)

になってしまっています。赤ちゃんだったらげんこつが通ってしまう、みたいな。こういうあり方には、私は賛成できないのです。

『くまさん』[12]という本は、ダイナミックな表現を求めて、大きいサイズで出ています。日本語版も、原書と同じ大きさで翻訳しています。こういうふうにそのままの形で翻訳するっていうことが今は当たり前になっています。これは、よくあるサイズより縦横5cmぐらいずつ大きいです。つまり、この熊の大きさを表現したかったためだと思うのですが、大変大きくなっています。

こんな大きい絵本がある反面、小さい絵本もあります。これは『ぱたぱたぽん　のびるのびる豆絵本』[13]という絵本なのですけれど、一冊一冊の本は縦6.3cmぐらい、ものすごく小さいものですね。でもこれは折り畳み式の本なので、だーっと長く広げられるのです。

それから、「ふたごえほん」[14]は五味太郎の絵本ですが、縦横6cmぐらいずつですね。双子で、手袋のように首からかけられるように作ってあるという。こんな小さな絵本もあります。

2）絵本の形

それから、絵本の形というのも様々です。『ちいさなうさこちゃん』[15]は正方形ですね。そして、『ほしのひかったそのばんに』[16]というのは横長です。『つきのぼうや』[17]は縦長です。形もいろいろになっています。

『ちいさなみどりのかえるさん』[18]はこんなふうに七角形の不思議な形をしていますね。それから、『パンのおうさま』[19]はパンの形に切り抜かれたりしています。tupera tuperaの『あかちゃん』[20]もよくお見せするのですが、赤ちゃん絵本で、丸く加工してあります。丸い加工って大変難しいのですよ。で、これを広げてふたつの丸で、おっぱいを表現するということをやりたかったらしく、ちょうど真ん中に繋ぎがあるのでそれらしくなっています。繋ぎもない、真ん丸の絵本というのはまだちょっと見たことがないです。脇で繋いでいますね。でも絵本の形を丸く切るというのは大変なことだったと思います。

3）絵本の厚さ　4）絵本の重さ

厚さ、というところも見ていただきたいと思います。『らくがき絵本』[21]という五味さんの絵本です。ヒット作品なのですが、電話帳のような厚みがある本です。

そして、駒形さんが作った絵本『日がのぼるとき』[22]はこんなに薄いんです。絵本といっても、こんなに厚さが違うことがあるわけです。絵本は、大きくなれば重くなります。小さくなればそれだけ軽くもなります。厚い本、薄い本、様々であろうと思います。

5）紙の手触り

それから、紙の手触り、紙の質感というのもいろいろです。この駒形克己という作家は、絵本の紙質にこだわって作る方です。

最初の『ぼく、うまれるよ！』[23]の表紙は、光っていますでしょう。コーティングされた表紙で、絵本を作っていたのです。中はいろいろな紙が使われています。薄い紙も厚い紙もあります。紙の質を変えて表現するということを試みています。

これを改訂するときにどうも、生命が生まれるっていうことを表現するのに、このテカテカした手触りはちょっと違うなと思ったのでしょう。それで、改訂するときに、もっとソフトな紙に変えています。テカテカ光らないですね。命っていうものはこういうピカピカの冷たい感じではなくて、優しい感じっていうのでしょうか。ソフトな

---

12 レイモンド・ブリッグズ 作, 角野栄子 訳『くまさん』小学館, 1994. (Raymond Briggs, *The bear*, 1994)
13 長新太 他『ぱたぱたぽん　のびるのびる豆絵本』福音館書店, 1994.
14 絵本館から1996年に出版されたシリーズ。
15 ディック・ブルーナ 作, 石井桃子 訳『ちいさなうさこちゃん』福音館書店, 1964. (Dick Bruna, *Nijntje*, 1955.)
16 和田義臣 文, 司修 絵『ほしのひかったそのばんに』こぐま社, 1966.
17 イブ・スパング・オルセン 作, 山内清子 訳『つきのぼうや』福音館書店, 1975. (Ib Spang Olsen, *Drengen i Månen*, 1962.)
18 フランセス・バリー 作, たにゆき 訳『ちいさなみどりのかえるさん』大日本絵画, 2008. (Frances Barry, *Little green frogs*, 2008.)
19 えぐちりか 作『パンのおうさま』小学館, 2014.
20 tupera tupera 作『あかちゃん』ブロンズ新社, 2016.
21 五味太郎 作『らくがき絵本』ブロンズ新社, 1990.
22 駒形克己 作『日がのぼるとき』One Stroke, 2015.
23 駒形克己 作『ぼく、うまれるよ！』One Stroke, 1995. (改訂版, 1999.)

感じ、触ってふっくらするような感じっていうので、絵本の表紙を変えています。

　このように、絵本を受け取ったときに、その絵本の重さや厚さなども同時に感じますが、感触にもこだわって作ることが絵本では可能だということなのです。ここのところはやはり絵本作家たちのコンセプトというか、どういう絵本を作りたいかということで変えていくことができるということと、また、絵本というものがそういう存在だということです。作り手たちの表現なのだということです。もっと柔らかい命を表したいと思えば、紙質を変えられるし、もっとシャープに、クールにしたいと思えば、そういう感触の紙を使う、というようなことが可能だということです。

　そういうことを、多分この人から学んだのではないかというのが、ブルーノ・ムナーリ（Bruno Munari, 1907-1998）というデザイナー、芸術家です。様々な分野で活躍した芸術家で、『きりのなかのサーカス』[24]という絵本を出しました。これは日本で翻訳されたときに大変にセンセーショナルでした。なぜかというと、霧というものを表すのに、「きりのなかの」という言葉だけではなくて、本当に霧の中を私たちがずっと通っていっているような感覚を、絵本をめくりながら味わえる、そういう仕掛けを考えたのですね。彼は半透明の紙、トレーシングペーパーを使って、この『きりのなかのサーカス』を作りました。

　それまではこういう、紙質を変えて表現していくという絵本の作り方に、日本の人たちは気が付かなかったのです。印刷さえしてあればよい、という考え方だったのですが、紙質をこれだけ変えるということが可能だということをムナーリは示してくれました。

　少し中を見てみましょう。半透明なので、ページをめくると、右側に印刷されていた飛んでいる鳥が左のページに移りますよね。そうすると、その先のページにある信号機がはっきり見えてくるでしょう。つまり、霧の中に入って、外から見ているとぼやっと見えるけれど、中に入り目の前に出てくれば真っ黒く見えるわけですよね。こうい

---

[24] ブルーノ・ムナーリ 作、八木田宜子 訳『きりのなかのサーカス』好学社、1981. など (Bruno Munari, *Nella nebbia di Milano*, 1968.)

う感覚ですね。ですから、めくるごとに霧の中をどんどん進んでいくということをこの絵本を通して体感していけます。

　こういう考え方は、現代では割とスムーズに受け入れられますが、当時としては大変にショッキングなことでした。こういうことが、グラフィック・デザイナーたちを刺激するのです。「ああ、こういうものもありなのか」ということで。そうしたら今度は、自分はどう作るかということになっていくわけです。

　『きりのなかのサーカス』に話を戻しますが、霧の中へ何をしに行くのかというと、サーカスに行きたかったのですね。霧の中からサーカスに到着すると、そこはもう霧の中ではなくサーカスのテントですから、紙質がしっかり固いものになります。トレーシングペーパーからしっかりした固い紙になり、また、サーカスの華やかさを表すために、それぞれの紙が色の付いた紙で、そこに印刷されていくということになります。色彩もモノトーンから、鮮やかな多色へ変化します。これでサーカスの華やかさを表現しています。

　帰るときはやはり霧の中を通るので、またサーカスを出たらトレーシングペーパーが現れます。霧の中を通って帰っていく、そういう感触を出しています。このように、サーカスで終わりではなく、サーカスから帰る、それも霧の中を帰るというところまでムナーリは本にしています。

6）絵本の綴じ方

　絵本の綴じ方も、いろいろあります。レジュメの2ページ（p.10.）です。綴じない絵本もあります。この綴じない絵本（p.p.10-11）というのも新しい考え方です。本というのは、綴じて一冊の本にまとまってなんぼの世界です。ですから、日本女子大学の図書館では、綴じない絵本を買うと、本とは認められないです。本ではなくて消耗品で処理してください、ということです。

　これらの本についてはこれから出てきますが、駒形さんも綴じない絵本を作ったときに、本としての関税じゃなくて、おもちゃの関税がかかったと言っていましたので、本というものはやはり綴じられているということが大事なのでしょうね。

糊と、それから糸で括ってというのが一般的な綴じ方ですよね。しかし、リングで綴じるという綴じ方ももちろんあるわけです。真ん中がリングになっていて、表紙が付いてますからエンドレスってわけではないのですが、表紙を無視すると、エンドレスにもなります。めくってめくって、どこをめくっても始めも終わりもなく、どこから読んでもいいよという形にもなり得ます。

『ふしぎなかず』[25]は数の絵本なので1から始まりますが、5から始まっても一向に構わない絵本なので、多分、そういう意味でもリングにしたのだと思います。これはパツォウスカー（Květa Pacovská）の作品です。1990年に出ています。この頃から、絵本は変わっていきます。

7）綴じない絵本

先ほど話した、駒形克己の『First Look』[26]という本です。これも1990年に出ています。箱のようなものがあってその中に束ねるのですが、1枚1枚は綴じないのです。ばらばら。カードのような形になっていて、これが何枚か束になって、『First Look』という一つの絵本として出ているというわけです。これがおもちゃ扱いされたのです。それぞれはカードのようなものですから、どこから読んでもよいのです。入れるときも何が一番目とかはなくて、何をどう束ねても全然構わないという作りになっています。

丸というのは、赤ちゃんが一番見つめやすい形です。とてもよく見ます。黒いのはお母さんのおっぱいを模しているのだそうです。赤ちゃんが最初に目にするものっておっぱいの黒い丸じゃないかというので、お嬢さんが生まれたときに、作った絵本だそうです。そうして、丸から発展させて三角とかになっていくわけです。

次に、『土のなかには』[27]は、折り畳んでスパイラルにするというものです。最終的に広げると1枚の紙になってしまう。1枚の紙に切れ目が入っていて、それを折り畳むのですね。そうすると正方形になります。それを開くときには、どう開いても良くて、ねじれながら開いていきます。本に空いた穴を虫のように、またモグラのようにはいながら、展開していきます。ですから、読む人によってどんな物語の絵本にもなるという、一つの決まった読み方じゃない絵本ということです。

次に、絵巻絵本というものをお見せします。絵巻は皆さんもちろん御存じですよね。日本の大変に重要な文化財です。平安時代の文化ですけれども、実際に絵巻の形の絵本というのは、学生に作らせた以外、市販されたものはまだ私も見たことがないです。

『びっくり水族館』[28]は絵巻絵本と名称が付いても、蛇腹式っていうのでしょうかね、折り畳み式の絵本になっています。最終的には糊で貼られるので、綴じてないとは言えないとも思うのですが。それでも、もとは折り畳むというか巻くというか、そういうことでできている絵本なわけです。この絵本も、最初に出たときは見向きもされなくて、それから再販されて出てきて、やっと日の目を見ていくという。つまり、時代ですね。この絵本を面白いと思える人たちが育っている時代が必要だったのです。この本はかなり高いです。でも、長新太（1927-2005）のナンセンスですから、面白いですよ。こんなにごちょごちょと子どもを描くというのは、この時代には珍しかったかもしれません。今は意外とごちょごちょ描く、『ぎょうれつ』[29]なんて本も出ていますけれども。いずれにしても、伸ばすと10mとかになっていく、そういう絵本ですね。

『かわ』[30]という本は、もともとは「こどものとも傑作集」[31]です。今回出ている『かわ』は、伸ばすと大変な長さになるものです。私はこの「こどものとも傑作集」が出たときから、「折り畳みで長くなったら面白いだろうなあ」とずっと思っていましたが、なかなかならなかったのですよね。

編集者の松居直はこういう蛇腹本にしない理由として、頭の中のイメージで繋いでいくことが大

---

25 クヴィエタ・パツォウスカー 作, ほるぷ出版編集部 訳『ふしぎなかず』ほるぷ出版, 1991. (Květa Pacovská, *One, five, many*, 1990.)
26 駒形克己 作『First Look』「Little eyes」偕成社, 1990.
27 駒形克己 作『土のなかには』偕成社, 1993.
28 長新太 作『絵巻えほん びっくり水族館』こぐま社, 改訂版, 2005.
29 中垣ゆたか 作『ぎょうれつ』偕成社, 2013.
30 加古里子 作『かわ』福音館書店, 2016.
31 加古里子 作『かわ』福音館書店, 1966.

事なことだから長い本にはしないんだ、というようなことを言ったようです。もちろんそれは大事なことですね。頭の中で一つの長さに繋げていくそのイメージ力というのでしょうか、子どもの中にそういうものを育てていくのは大事です。

ですが、今回は読者サービスでしょうか、『かわ』というのをそのままずっと繋げて（大変な長さになりますが）、見られるようにしてくれました。これがずっと出版されるかどうかは売れ行き次第といったところでしょうか。

今売れ行きの話をしましたが、絵本というのは商品なのですね。もちろん芸術作品でもありますが、商品で、売れるか売れないかというのは結構重要になってきます。これが良くも悪くも作用します。本当に素晴らしい本でも、売れなければそこで絶版になってしまうわけですし、くだらない―何がくだらないかは分かりませんが―と思う本でも、たくさん売れればそのままずっと出版され続ける、そういうことにもなるわけです。

そのような営利的な面もありますが、たくさんの人に愛されるということは重要なことでしょう。ということで、この長い蛇腹式の本がいつまで出るかは保証の限りではないですが、この機にと思い購入してみました。そういうわけで、綴じない、という本の在り方もあります。

8）絵本の開き方

さて、次は絵本の開き方というところにいってみたいと思います。開き方もいろいろですね。

エリック・カールの『パパ、お月さまとって！』[32]は、畳まれたページの下部に上向きの矢印が描かれていて、上に開けと言っています。上に開くと、非常に縦に長いページとなります。こうすることで、高さを実感できる形になっています。

次は、横に開けということで、観音開きですね。お父さんが月に行くために持っている梯子がいかに長い梯子かということが表現されています。すごく長い梯子だなと分かりますよね。

そして、上下に観音開きに開けと言うので開く

と、大きなお月様が現れます。1990年に改訂版が出ていて、この絵本から開き方が変わっているみたいですね。観音開きじゃなくて、折り込んであってそれがばっと開くという形になっています。こんな工夫がされているのですよね。いずれにしても、絵本をめくるのではなくて開くということも、一つ重要な要素になっています。

それから、右開き、左開き、縦開き、そして横開き、というような表現もあります。日本の場合には、今は横書きの日本語が絵本の中でもたくさん使われるのですが、はじめは縦書きだったんですね。日本語は縦に書くのが一般的な形だったので。そうすると、右側に開いていくという開きが、横書きの場合と逆の開きになるんです。

それで、「岩波の子どもの本」が、まだ古い時代ですから縦書きで出版したわけです。諸外国の物、翻訳物も随分入れたんですね。そうすると、翻訳のものは、アルファベットで書かれている場合は横書きになりますよね。縦書きのアルファベットはないですから。そうすると開きが逆になってくるんです。絵が、逆になってしまうということが起こったりして、それを防ぐために逆版にしたりとか。そういうことも、「岩波の子どもの本」が絵本そのものの翻訳じゃない、という批判を浴びた理由の一つとなっています。

それから、縦に開いていくことについて。先ほど御紹介した『100かいだてのいえ』は、上から下でしたね。それから『ちか100かいだてのいえ』[33]が次に出ます。これは縦開きは縦開きなのですが、下から上に開く、という形をとっています。開きということについても様々、読み手に与える印象が変わってきます。

9）"めくり"の工夫

次はめくりです。絵本の特質の一つはめくるということなのです。めくって、次のページに行って物語が展開していく。

めくりの連続というのが、絵本の本質的なものだと思いますが、そのめくりも様々になっています。基本的なめくりとは、『ちへいせんのみえる

---

32 エリック・カール 作, 森比左志 訳『パパ、お月さまとって!』偕成社, 1986.（改訂版, 1990.）(Eric Carle, *Papa, please get the moon for me*, 1986.)

33 岩井俊雄 作『ちか100かいだてのいえ』偕成社, 2009.

ところ』[34]のようなめくりです。何もないページをめくると、「でました」と書いてあるので、めくると次に出てくるのですね。こういうふうに、めくって、「でました」だから出てくる、という。これが絵本の基本的なところです。「でました」って書いてあるのだから絵は出てきて、次にめくると、同じ「でました」でも出てくるものが違っていくという展開です。

それから、もう一つは『いないいないばあ』[35]なども、めくりの面白さです。「いないいない」、とした次に「ばあ」と出てくる。めくらないと「ばあ」が出てこないですね。こういうふうに、絵本の本質的なものとしてめくりというのがあります。これも工夫が様々になされていきます。

『まるまるまるのほん』[36]です。左開きで、左にめくっていきますね。そうすると、右の方向に物語が動いていくというわけです。最初1つ黄色い丸があり、「きいろいまるをおして」と書かれているので、子どもたちが押して次にめくると、丸が2つに変わっている。子どもたちは、「おお！」という感じですよね。押せっていうから押したら、次にめくると2つになっている。もう一度押せっていうから押したら、とか、擦れっていうから擦ったら、ページをめくると変化が起こっているという。めくることによる変化で話が繋がっていきます。めくるというのは絵本にとっては重要な要素、特質でもあるわけです。

もう一つ、『のりものつみき』[37]は赤ちゃん絵本で、最初のページは積み木の箱です。ページに穴が開いていて、ページをめくると、ちょうど穴から車などの形が見えるといった作りです。これはめくらないと、いろいろなものの形になっていきません。こういうふうに、めくるということを使った工夫がされています。

『へんなおでん』[38]は本当に変なおでんなのですが、ページに切れ目が入っています。どことどこのページを合わせても構わないという絵本です。

これは別に新しいアイデアではなくて、ノーマン・メッセンジャー（Norman Messenger）という人がもう1992年に『かお』[39]という作品で、上下真ん中と入れ替わるといろいろな顔の形に変わっていくというような絵本を出しています。

『へんなおでん』は「こんにちは、ごきげんよう、はじまりはじまり」と始まって、組合せによってはおでんがこんにゃくとドーナツとごぼう巻にもなるし、真ん中に変なものが入って、野球ボールの入ったおでんになったりもします。このようにいろいろな組合せを楽しむ絵本ができあがっています。言葉も、いろいろな言葉が付きます。

次に「めくり」ということで、フリップブックをお見せしましょう。いわゆるパラパラ漫画ですが、こんなに小さくて1,000円もします。結構なものでしょう。でも、こうしてパラパラ動かすとかなりアニメーションっぽく見えます。すごいスピードでめくると、動きを表現することができるわけです。それを楽しむ。ですからめくりを楽しむということの一つになるかと思います。

2　絵本の各部位の遊びから

さて、今日の本題になってきますが、絵本の各部位の遊びからということで。本というものには各部位があります。そこをどう工夫するか、そこでどう遊ぶかによって、いろいろな絵本ができます。

各部位を見ていきます。カバーというのは本を守るのです。傷つかないように保護するという役目があります。それから、見返しというのは本を強くするところです。これは構造上どうしても必要なところですが、たくさん遊べるところでもあります。扉は「ここから始まるよ」というところです。帯というのもあります。最後にこの帯の話もします。帯は、買い手、つまり読者に買ってもらうためのコマーシャルを入れるところです。ですから、図書館では帯を保存しません。人の目に付きやすくするためのものです。あと、図書館などでは、カバーも取り除いてしまうところもあります。カバーと表紙の間に工夫があったりすると、ちょっと残念なこともあります。今日は主に

34　長新太 作『ちへいせんのみえるところ』ビリケン出版, 1998.
35　松谷みよこ 文, 瀬川康男 絵『いないいないばあ』童心社, 1967.
36　エルヴェ・テュレ 作, 谷川俊太郎 訳『まるまるまるのほん』ポプラ社, 2010. (Hervé Tullet, *Un livre!*, 2010.)
37　米津祐介 作『のりものつみき』講談社, 2011.
38　はらぺこめがね 作『へんなおでん』グラフィック社, 2015.

39　ノーマン・メッセンジャー 作『かお』フレーベル館, 1995. (Norman Messenger, *Making faces*, 1992.)

そのようなところをお話ししていきます。

　カバーと、表紙と、見返し、それからもう一つ、真ん中ののど。このというのも最近は面白く使われるようになりました。それから帯ですね。これらの名称は覚えておいてください。

１）カバー（ジャケット）の遊びと工夫

　まず、カバーの遊びからいってみましょうか。サラ・ファネリ（Sara Fanelli）という人の作品で『ちずのえほん』[40]です。カバーが絵本についています。実はこのカバーを使って遊んでいるのですね。本の表紙とカバーの絵は同じようにできていますが、カバーを広げると大きな地図になって、裏側は白地図になっています。読者に「自分の地図を描こうよ」というふうになっているのです。これは図書館では楽しめない遊びですが、カバーをこういうふうに使うということもあります。これはちょっと特殊ではありますが、可能性としてはあるわけです。

　それから、『わにのなみだ』を先ほどは横長の絵本ということで取り上げました。これは、ワニが梱包されている形なんですね。アフリカから梱包されて渡ってきたというのを表しているのですが、カバーが箱になっています。表紙に大変厚い紙を使って、個性的な製本の仕方をしている本です。本を広げると、ワニの本体が、表表紙から裏表紙まで繋がって、それでも表しきれずに中まで続いている。とてもおしゃれですよね。荷造りされて来るわけなので、カバーで箱を表現しているという、ちょっと面白いものです。

　それから次は、『カッパもやっぱりキュウリでしょ？』[41]というちょっとふざけた、面白い本があります。カバーには袖というところがあり、普通は作者の紹介とか、内容を簡単にダイジェストしているものなどが印刷されます。しかし、この本の場合には、袖のところがカラー印刷になっていて、それが見返しと組み合わさるようになっています。ちょっと面白いアイデアだなと思います。見返しの方はグリーン地に白で描かれていますが、袖の絵で実際はこんな感じなんだよ、ということを表しています。カバーもこのような形で、いろいろな工夫が可能だということです。

２）表紙の遊びと工夫

　では、次に表紙にいってみましょう。表紙は絵本の顔ですので、千差万別です。帯で買い手の心をキャッチして、というのはありますが、やはり表紙が魅力的かどうかで手に取ってもらえるかどうかは決まってくると思います。

　この表紙は皆さんよく御存じの『はじめてのおつかい』[42]ですが、表表紙と裏表紙が違っています。みいちゃんはおつかいに行くわけですが、途中で転んでしまいます。手に握っていたお金がばばっと飛んでリアルです。で、このときに足を擦り剥いちゃうのです。痛くて、でも泣かないで牛乳を買いに行くから、こんな表表紙の明るい笑顔になるのです。でも読者、特に子どもは、あの痛かったのはどうなったのかなと思わないとも限らないでしょう。そこで画家の林明子は、裏表紙に、怪我した膝小僧はちゃんと絆創膏を貼ってもらって、買った牛乳を赤ちゃんと一緒に飲んだよっていう、「後日談」というのでしょうか、後日というような日にちは過ぎていませんが、この物語が終わった後のことをここに表現しているわけです。このようなやり方もあります。

　それから、今ではあまり珍しくなくなりましたが、表表紙と裏表紙を広げて、パノラマ的に一枚の絵にするということがあります。意外とこれは最近よく目にするものだと思います。背表紙が若干、邪魔になりますが。『こすずめのぼうけん』[43]は福音館書店から出ていて、描かれた丘の線がぴーっと揃っていますよね。背表紙があっても揃えるように作るのは、大変なことだったのではないかと思います。

　『ガンピーさんのふなあそび』[44]も、舟遊びをし

40　サラ・ファネリ 作, 穂村弘 訳『ちずのえほん』フレーベル館, 1996. (Sara Fanelli, *My map book*, 1995.)
41　シゲタサヤカ 作『カッパもやっぱりキュウリでしょ？』講談社, 2014.
42　筒井頼子 作, 林明子 絵『はじめてのおつかい』福音館書店, 1977.
43　ルース・エインワース 文, 石井桃子 訳, 堀内誠一 絵『こすずめのぼうけん』福音館書店, 1977. (Ruth Ainsworth, "The sparrow who flew too far," *Ruth Ainsworth's Listen with Mother Tales*, 1951.)
44　ジョン・バーニンガム 作, 光吉夏弥 訳『ガンピーさんのふなあそび』ほるぷ出版, 1976. (John Burningham, *Mr Gumpy's outing*, 1970.)

ている川の状況を同じように表しています。表紙を見ると、物語の一部分がよくよく分かるということです。

3）見返しの遊びと工夫

『本の子』[45]について見ていきます。原書と翻訳のもので、当然のことながら原書には帯がないのですが、翻訳本の方には帯がついています。原書は表紙に何の印刷もなくクロス張りのような感じですが、翻訳本の方はカバーの絵と同じものが表紙に印刷されています。これは原書と翻訳書、洋書と日本の絵本との違いですね。日本はカバーと表紙が同じという形のものが多いです。

『本の子』は面白い本だったので、紹介しようと思いました。見返しの部分に40冊の児童文学作品名が並んでいるのです。全部書名です。英語と日本語、書名は同じですが、ちょっと印象が違うのはアルファベットと日本語の文字の違いなのだろうと思います。

この世の中は物語に満ちているというのがコンセプトなので、本文中でも、海の波の部分に、様々な物語の一部分が切り貼りされて入っていたりします。翻訳本も、本当に努力のたまものだと思いますが、とことん同じようにと翻訳されています。アルファベットと日本語では文字体系も含めて、随分違うわけですよね。けれど、極力同じようにというので、著者にどの物語のどの部分を載せているかを聞いて取り寄せて、それを日本で翻訳して、その部分を切り抜いて貼ってあるそうです。同じ形に似せるように、編集者はすごく努力したのでしょうね。全く同じではないかもしれないですけれど、ほぼ同じような造りをしています。ちょっと今日の話からは外れますが、面白い造りといえますね。

さて、表紙とカバーです。2003年に復刊ドットコムから『はせがわくんきらいや』[46]が出ましたが、本体とカバーの色が違っています。私は初版でない版を読んだことがあるのですが、本体とカバーの色は同じでした。おそらく初版は本体とカバーの色が違って、それを復刻したのではないかと思っています。2003年の復刊ドットコムから出たものとは別に、1984年にはすばる書房も出しています[47]。初版はすばる書房ですが、1984年のものは初版ではありません。これらは、大きさが違います。同じ本でもこのように、大きさが違って再版されてしまうのです。

『はせがわくんきらいや』は面白い本で、重要なのでファンも多いし、よく復刻されるのですが、売れないのでしょうね。またすぐ、絶版状態になって。でもやはりあの本を、っていうのでまた出てくる不思議な本らしく。そんなわけで1984年版が存在するのですが、表紙の色も違ったりしています。表紙が異なる再版なんかも可能ということですね。見返しの部分の色も異なります。

この見返しの部分がどこから来ているかというと、アンディ・ウォーホル（Andy Warhol, 1928-1987）というポップアートの旗手による「キャンベルのスープ缶」（Campbell's Soup Cans, 1962）です。アメリカに行ったときこの作品を見てきましたが、ただキャンベル缶が並んでいるだけなんです。こんなところから、哺乳瓶を並べるという発想が出てきていますね。

つまり、美術の世界と絵本の世界の動きというのも、ある種シンクロするときがあるということですね。絵本の世界は子どもの本だからといって、美術の世界とは無縁ではないということなのだろうと思います。

次はサラ・ファネリです。サラ・ファネリもいろいろと変わったことをする人なのですが、これは『イヌのすべて』[48]という絵本です。表の見返しのところに、顔、耳、前足が折り込まれています。後ろの見返しをみると、尻尾と後ろ足が折り込まれている。で、両方とも出してみると、洋服を着たワンちゃんが出てくるという仕掛けになっています。『イヌのすべて』という、犬のことを書いた話なので。見返しをこんなふうに使って、楽しむこともできるということです。見返しというのも

---

45 オリヴァー・ジェファーズ，サム・ウィンストン 作，柴田元幸 訳『本の子』ポプラ社, 2017. (Oliver Jeffers and Sam Winston, *A child of books*, 2016.)
46 長谷川集平 作『はせがわくんきらいや』復刊ドットコム, 2003.
47 長谷川集平 作『はせがわくんきらいや』すばる書房, 1984.
48 サーラ・ファネッリ 作，掛川恭子 訳『イヌのすべて』岩波書店, 1998. (Sara Fanelli, *A dog's life*, 1998.)

本当に表紙と一緒で、いろいろな工夫が可能な部分です。だから、作家たちが楽しめるところなのです。

4) 扉（とびら）の遊びと工夫

では次は扉にいきます。扉っていうのはここから始まるよ、っていうところです。題名があるだけが扉ではないということです。

レオ・レオニ（Leo Lionni, 1910-1999）は、多くの本で扉を見返しと連動させて、ダイナミックな画面を創り出しています。

これは『ひとあしひとあし』[49]、Inch by inch というのが原題ですが、この青虫ちゃんがいろいろなところを、体をくねらせながら長さを測っていく話です。この青虫ちゃんが動く世界がどういう世界なのか、全体を見せてくれているということと、フロッタージュの手法を使いながら、大変に綺麗な草原を表現しています。なので、扉を見返しとともに広い画面にするということも可能だということです。

この絵本は先ほどの『ガンピーさんのふなあそび』ですが、扉のところに、これから物語の起こるそのバックグラウンドの農場風景が描かれています。川をボートを漕いで遊んでいくという遊びが『ガンピーさんのふなあそび』ですが、そのガンピーさんの家がどの辺りにあって、その周りにどんな農場があって、川がどの辺に流れていて、というようなことが出ているのです。ですから、こういう情景の中でこれから始まるよと全体像を見せてくれているのです。

5) 遊紙を挿入して

さて、遊び紙についてお話しします。見返しは、一枚あればいいのです。そこがあれば本というのは補強ができるわけです。でも遊び紙は、扉までの間に紙を何枚か挟んで序章のようなものを入れようという、そんなおしゃれです。

これは『おかあさん』[50]という作品です。アニタ・ローベル（Anita Lobel）のものです。この作品では写真が重要なテーマであるので、遊び紙に、後ろ向きになっていますが、まずは写真が描かれています。それをめくると左側におかあさんと私のカラーの絵が出てきて、そして右側が「おかあさん」と書名の書かれた扉になるというわけです。扉の前にひとつ、この絵本の内容の要素として重要な部分をここに入れているというわけです。

これは『月光公園』[51]という、大変美しい作品です。カバーを外すと、カバーの絵と違ってピンクの表紙に月の形のデザインです。そして、開くと、扉ではなくすぐに物語のようなセリフが入っているページが来ます。そして、それをまためくるとその続きが書いてあって、もう一回めくると、今度はやっと扉になっているのです。先ほどのレオニと同じように、こちらは遊び紙と扉が一つの見開きの大きな画面になっています。右のページの上の方には、月光公園という書名が入っているので、これが扉なんですね。ここから、男の子は月光公園の中に入ってきますよ、というところです。こういうふうに、物語に入るためのおしゃれな序章を遊び紙などで入れたりするものもありますという例でした。

6) のどを利用して

最近の新しいケースをお見せします。先のスージー・リーの絵本ですが、『なみ』[52]という作品です。2009年に出た作品ですが、のどに注目です。「のど」というのは、本と本との繋ぎ目のところです。どうしても本にはこののどというのが出てきてしまいます。本を綴じているので、出てしまうのですね。従来そこはとても厄介なものだったのです。なぜかというと、見開きにしたときに一つの絵を展開したければ、のどのところがきっちり繋がっていないとギクシャクしてしまいます。段差があってはまずいですよね。

先ほど堀内さんの、『こすずめのぼうけん』のときに、背表紙があってもちゃんと繋がっていますよねってお話をしましたが、ああいう、繋がって1枚のくっきりした絵が欲しいときに、こののど

---

49 レオ・レオニ 作, 谷川俊太郎 訳『ひとあしひとあし』好学社, 1975. (Leo Lionni, *Inch by inch*, 1960.)
50 シャーロット・ゾロトウ 文, アニタ・ローベル 絵, みらいなな 訳『おかあさん』童話屋, 1993. (Charlotte Zolotow, illustrated by Anita Lobel, *This quiet lady*, 1992.)
51 宙野素子 文, 東逸子 絵『月光公園』三起商行, 1993.
52 スージー・リー 作『なみ』講談社, 2009. (Suzy Lee, *Wave*, 2008.)

というのを越えて合わせていくのは大変なことですので、ある意味嫌われ者だったのです。けれども、そこを逆手にとって、のどというところを使って、作品ができているのです。

よくお話しするのですが、この『なみ』という作品は文字なし絵本です。この場面では右側ののどのところで女の子の伸ばした手が切れていますよね。私この絵本を初めて見たときに、講談社がミスしたのだと思ったのです。真面目に思ったのです。「何やってるのこれ」と。

それで、英語版とドイツ語版を取り寄せてみたら、やっぱり切れているのです。そこで、あっと思ったわけです。

のどで手が切れているということに、重要な意味があるのです。つまり、のどのところに手を差し込むと違う世界がそこにあるということなのですね。女の子の上に描かれた鳥も切れています。のどを通って次元の違う世界に行っているわけです。今度は右側、向こう側にのどのところからでてくると、左側、現実の世界には足がないわけですよ。違うところから出てくるわけですので、で、この次元の違う世界で物語が展開していくわけです。最後は、この女の子がふざけまくって波を怒らせてしまうので、こののどを境とした次元を破って、現実の世界に波が出てきて全部海になって終わるという話です。

そこに気付くまでに、どれぐらいを要したか。馬鹿みたいな話です。見れば分かるじゃないかと思われるかもしれませんが、そういうものに出合ったことがないと、やはり、あれっと思うわけです。こののどに注目する作品というのが、2010年前後で出てきているということなのです。

皆さんのレジュメには、『こころの家』[53]を入れたのですが、ちょっと不思議な絵本です。

これは、鏡を見るという動作をページの開き方で表します。鏡を見る僕というのをのどを使って表現しているのです。こののどを使うと足をぴこぴこと動かせたり、椅子は背もたれを立てられます。それから、子どもを揺り動かしあやす表現は傑作です。といったふうに、のどを動かすとぴこぴこぴこぴこ動く。のどを動きを生み出すものとして使うというのが出てきました。

この辺は、スージー・リーにしても、ブック・デザインとかブック・アートとかそういうものを学んだ人ですし、それからこの『こころの家』などもアートっぽいですよね。

もう一つアートをお見せします。これは『オニオンの大脱出』[54]といって、サラ・ファネリの作品です。絵本の中に、こどもオニオンというのがいまして、実は、こどもオニオンはぼうっとしていると炒められて食べられちゃう、食べられたくないのでここから脱出したいって言うわけです。質問が来るから、それに答えると本の中のミシン目を破り、出てこられるようになっているというのです[55]。質問に答えられないと破いちゃいけないのですね。

それで、こどもオニオンは自分一人では答えられないから、「読者のあなたが助けて、一緒に答えて」と言うわけです。ということで読者が回答を考えるのです。

質問は哲学的で、幼児では無理です。だって、「あなたは誰？」とか聞かれるのですから。これは大変なことですよね。そういうふうにして、たくさんの質問がありますが、全部答えると、こどもオニオンが絵本から抜け出るのです。なので、オニオンは炒められなくてすむということで、絵本が終わると抜け出たオニオンの一つの立体物が出来上がってくるということになります。

これを可能にしているのは、やはりのどなのです。繋がっているところ、ですね。束ねられているので、そこをくりぬくと、立体物になるし、残った方もまだのどのところは繋がっているので、一冊の本になっています。こどもオニオンは脱出しましたが、読者に対する質問は本の方に健在です。というように、のどで本を綴じてあるということによって、こういうことも可能になります。まあ遊びですけれど。もう脱出したこどもオニオンは

---

53 キム・ヒギョン 文, イヴォナ・フミエレフスカ 絵, 神谷丹路 訳『こころの家』岩波書店, 2012. (김희경, illustrated by Iwona Chmielewska, 마음의 집, 2010.)

54 サラ・ファネリ 作, みごなごみ 訳『オニオンの大脱出』ファイドン, 2012. (Sara Fanelli, *The Onion's Great Escape*, 2011.)

55 各ページのノドの部分を中心にオニオンの絵が描かれており、その輪郭部分がミシン目となっているので、オニオンの形に切り取れるような仕掛けになっている。

戻る必要もないから戻らなくていいのでしょうけれども、絵本が穴あきになってもったいないので、戻そうと思ったのです。で、戻らないことはないのですが、こどもオニオンの頭が複雑に切られているので、そこのところがひっかかるのですよね。だから、綺麗には戻らないです。でも戻る必要はないのです。だって、脱出が絵本の本命なので。こういうことも、のどが繋がっている、綴じているということを活用したアイデアです。

今までのものは3作ともアートっぽいですね。『いたずらえほんがたべちゃった！』[56]になってくると今度は本当に子ども向けに、理解できるように作られていて、のどがやはり使われています。

るんるん散歩にでかけると、犬だけのどの中に入ってしまうのです。で、あれっと思っていたらいろいろなものが次々に入ってしまうのです。救急車も入ってしまうし消防自動車も入ってしまうし、いろいろなものがこの、のどのところに消えてしまうのです。そうしていると、本の方から手紙が来るのです。本の中ののどのところにいっぱい入っているから、これを出す方法を教えてくれて、本を縦にして振れっていうのですね。

振ると、のどのところから、たくさんものが出てくる。消防自動車もパトカーも本を振ることによって、出てくるっていうわけですね。当然のことながら、ワンちゃんも出てきたのですが、なんだか後ろ半分が変なくっつき方になってしまって。

最近、ここ10年でしょうか。読者に絵本の中に参加させるというか、本が読者に何かをせよと言ってくるような絵本がでてきています。今までは一方的に素晴らしい物語が書いてあって、そういうものを読者が享受するという形で絵本は作られていたのですが、この10年ぐらいは読者が絵本に手を貸す、つまり、こうしてくださいって絵本の方から指示がくるので、そのようにしてあげる、という本が出ているのです。

さっきの『まるまるまるのほん』などは特にそうですが、まるを押せっていうので子どもは押しますよね。そうすると次が変わっていくというふうに、何かをしなさいっていう形に絵本から言葉がやってくるのです。『いたずらえほんがたべちゃった！』の場合にも、本を振ってください、そうすると出てくるよってかたちになっているのですね。

つまり、読者を絵本に参加させて、参加させたことによって絵本が完結するという。読者の力を借りて絵本を完結させるっていうのでしょうか。そういう作り方が出てきていまして、この本は、そういうものがいろいろミックスした形になっていると思うのですね。のどに消えるっていう部分は、スージー・リーたちがやったような、のどを使うことですし、それから、子どもたちに何かをやってもらって、最後の締めくくりのところまで行くという形をとっているということで、すごく現代っぽいです。

今までこうして、特徴的と思われるものをお見せしてきましたが、なんだ仕掛け絵本じゃないかっていうふうに取られると思います。で、一般的にもやはり、売るときには、仕掛け絵本ですみたいなことで売られていることもありますが、実は、仕掛け絵本というものの質、仕掛けるということの質が変わってきていると私は思っています。従来の「ただの仕掛け絵本じゃないか」といって括られる時代は終わっています。というのは、いかに精巧な仕掛けを読者に提供して驚かせたり、楽しませたりするかではなくて、こうした仕掛けが読者を絵本へ誘導するためのものとして使われてきている、そこが大きく変わってきているのだと思うのです。

それはどういうことかというと、一つとしては、やはり絵本のモノ性ということがとても強調されているのだと思うのです。

今はスマホにしても、SNSにしても、見えない電波を追っています。画面には出てきますけれども、実際にそれに触れるわけでも、匂いがするわけでもないですよね。

で、私は、年齢が上がってきているせいだと思ってくださってもいいのですが、PC上のデジタル絵本というのがどことなく、しっくりこないのです。違和感があって、やはり絵本って手で触って

---

56 リチャード・バーン 作, 林木林 訳『いたずらえほんがたべちゃった！』ブロンズ新社, 2016. (Richard Byrne, *This book just ate my dog!*, 2014.)

なんぼの世界ではないかと思うのです。学生にも、現物を見ないで分かった気にならないで、実際に手に取ってその感触を確かめて、そして自分のものにしなさいというようなことをよく言います。現代という時代はそういう見えないもの、情報が動いているのです。

情報が動いてしまっていて、実際に自分で触り得ない世界が動いているときに、絵本はモノとして存在して、読者は実際に触ったり、めくったり、そして、やれって言われたことをやったりします。そういったコミュニケーションを絵本が求めているし、そうしたものを読者も絵本に求めている、というような時代なのではないかと思うのです。

でも今、ゆっくりですが、絵本も多分デジタル化の世界へ向かうだろうということは、皆が何となく思っています。漠然とは思っているものの、ただ、もっと早く進むはずだったのが、ゆっくりになったのは確かですね。

ですから人間というのは、モノに実際に触れる世界を楽しんでいくのだろうと思います。まあいつ頃どうなるかは分かりませんが。そのようなこともあって、やけにここのところ、実際に読者に触らせたり行為を促したり、という絵本が出てきていると思います。それをまあ仕掛け絵本として括ってしまうにはあまりにももったいない。質が違っているということを見ていかなければいけないのではないかなって思っています。

7）奥付の記載いろいろ

奥付です。これは絵本の戸籍のようなものなのですが、ほとんどの人に無視されるというところですね。研究者にとってだけは、ここはすごく大事なところで、ここで情報を得ますので。これがないと何年にこの絵本が出たかも分かりませんし、誰が描いたのかも分からないのです。ある本とある本を比べるときにどちらが先に出ていたのだろうとか、全部ここで分かるのですね。子どもにとっては、全く関係ないですね。

子どもにとっては、誰が描いた絵本であろうと関係ないのです。面白ければそれでいいし、ほとんどの人はああ小さいころに見たなあと思っても、作者の名前まで覚えている人はそういません。なので、出版社など特に、福音館書店から出ていたのか、フレーベル館から出ていたのかなど全く興味がないので、無視されるところですね。

大学の学生に授業で絵本を作ってもらうのですが、「この奥付というのはとても大事だから忘れないように」と注意しても、1割は忘れますね。無視というか、意識に上らないというか。

そして、デザインという意味では、かなり細やかにデザインされています。いろいろな形のデザインがあります。1ページ使うようなものもあれば、下の方に細長い線を引いて記入するのもあるし、『14ひきのあさごはん』[57]の岩村和朗の場合には、奥付の上に絵を載せます。その物語に関係したものが最後に載っているという、とてもきれいな奥付を付けています。

絵本というのは基本的にこうしてデザインされていくものなのです。もちろん絵本作家は絵が上手な人が当然多いのですが、実はデザイン系の勉強をした人が多いです。絵画というかファインアートよりも、デザイン系が多いというのは、つまりは、構成ということが絵本には要求されるからだろうと思います。

8）帯の幅の遊びと工夫＋広告文（コピー）の妙

さて、最後になりますが、帯です。これは明日、今井先生が紹介する本だと思いますが『アンリくん、パリへ行く』[58]、今井先生がすごく気に入っている絵本です。

翻訳が長らくなかったのですが、最近出ました。この翻訳絵本は日本での出版なので、日本の方たちがデザインしたのだと思いますが、帯を―帯というのは売るためのもので、目立たなければいけないので―本来は目立つように作るのですが、これはわざと目立たないように作ってあります。ほぼ半分ぐらいまで被っていて、表紙と同じ色のデザインで、特に目を引くような決まり文句もなく。しかし、非常におしゃれにできています。同じ色なので、帯かカバーか、分からないような形になっ

57　岩村和朗 作『14ひきのあさごはん』童心社, 1983.
58　レオノール・クライン 文, ソール・バス 絵, 松浦弥太郎 訳『アンリくん、パリへ行く』Pヴァイン・ブックス, 2012. (Leonore Klein, illustrated by Saul Bass, *HENRI'S WALK TO PARIS*, 1962.)

ていますね。かなり幅広の帯です。

次に、『りんごかもしれない』[59]の帯です。普通の帯は表紙の1/4ぐらいの幅です。でも先ほどの『アンリくん、パリへ行く』の場合は半分ぐらいでした。すごく幅広の帯だったり、もうちょっと細いのもあります。この本は、だいたい標準の帯です。「哲学？妄想？発想力？かんがえる頭があれば、世の中は果てしなくおもしろい。」と書かれています。これは、私がとても気に入っている帯のコピーです。この『りんごかもしれない』という作品の内容を端的に表していて、どんな本か買ってみよう、と思わせなければいけないものなのです。帯は、編集者が作るのか、その会社の人が作るのか、コピーライターに依頼するのか、そこは分かりませんが。

『りんごかもしれない』という本でヨシタケさんは今すごいブームですから御存じの方も多いかもしれませんが、りんごが1個あって、これはりんごかもしれない、でもりんごじゃないかもしれない。この中にはメカがぎっしり詰まっているかもしれないとか、りんごには兄弟がいるかもしれないと、「かもしれない」「かもしれない」で、いろいろな可能性を次々に考えていくのです。

それはある意味、りんごとは何かという哲学でもあるし、そこまでくるともう妄想だよねとも思うし。また、発想力っていうのはすごいね、いろいろな発想ってあるんだねということにもなります。なので、考える頭があれば、何にもなくても、たったりんご1個でもこれほど遊べる、という絵本です。世の中は果てしなく面白いということなのでしょう。

帯の右上に「ヨシタケシンスケの発想えほん」というコピーが作られていて、さらにこの帯の背のところには、「おもしろいかもしれない。」というのがありまして、私としては、「そうかもしれない！」と思うわけです。

帯というのは、ほとんどが捨てられてしまうし、古本にはほとんど帯は付いていません。読んでしまえば捨てられてしまう部分です。でも、こういうふうにとても重要であるというのは、読者に対して、訴えかけるものだからです。読者の目を引く部分でもあるので、ここで決まり文句がびしっと決まると、それだけ売上げが伸びるだろうというところです。

ですから目立つように作られているし、『りんごかもしれない』も、赤っぽい表紙に対してグリーンの帯です。字も太字でしっかり、「世の中は果てしなくおもしろい。」と書かれています。これを見ると、どんな本だろうと興味をひかれますよね。私はこの作品を最初に見た時に、奇をてらっていてどうかと思ったのですが、読んでみると、やはりなかなかです。ヒットする要素をいっぱいに抱えた絵本なのです。本当に、考える頭があれば世の中は果てしなく面白いだろうなあっていう、帯のコピーぴったりの絵本だなと思います。

こういうふうに、トータルで絵本というものは存在するということです。中の内容はもちろん大事です。子どもたちに、何を語るか、何を教えるか、子どもたちと何を共感するか、子どもたちに何を楽しんでもらうかっていうことは、もちろん重要なことですが、絵本というのがそこだけではなくて、トータルでデザインされてできているものだということ、そしてそれが私たちの心を捉えているのだということです。

もちろん、ちょっと面白いかな、ちょっといいなと思っても、中身がつまらない場合は、それはそれで捨てられる運命にあるでしょう。しかし、外見がこれだけ面白ければこんなのもちょっと書棚に飾っておこうかなっていうので、買ってもらえることもあるでしょう。

なので、すべてトータルで、まるまるで絵本なんだということを分かっていただけると面白いかなと思います。

まとめ

最後のまとめです。レジュメの最後のところ（p.14.）を見ていただけますか。

こうして絵本の構造を起点にウォッチングしてみただけでも、絵本には表現媒体としての可能性が様々にあります。つまり、いろいろなことを表現したい、ということの可能性がいっぱいに実験できるというか、実行できるものであるというこ

59　ヨシタケシンスケ 作『りんごかもしれない』ブロンズ新社, 2013.

とです。

　その広範な可能性が、作家も読者も共に多くの人々を魅了してやまないのでしょう。作り手としてもそうだし、読み手としても、その可能性みたいなものを感じたときに面白いと感じるのだと思います。そこに、今日の絵本発展の鍵があるのではないかと私は思っています。

　というのは、子どもにとって絵本は大事なものです。たった一つの体験、新しい体験になることでもあります。

　絵本は実は直接体験ではなくて、間接体験です。先ほどから力説しているように、モノだということで触れるって言っていますが、でもりんごの実物に触っているわけではないのですね。描かれた絵を見ている。ですので間接体験なのですが、間接体験の良さというのもまたあるのです。

　自分が実際に体験しているときには、いろいろな要素が絡んでくるので、自分が何を捉えているのかということが明確ではない場合もあります。悲しいのだけれど何が悲しいのか分からない、とにかく悲しいのでわーっと泣くというようなことです。確かに悲しくて、それは実体験なのだけれど、何が悲しいのかはつかめないまま泣いてしまうわけですね。

　ところが本を読んでいると、絵本の中にある悲しさというのは、こうこうこうだから悲しいのだという自分の悲しい体験と、それから整理された、提示された悲しい体験とをオーバーラップさせながら、悲しさの意味っていうのでしょうか、俯瞰（ふかん）して見るということができます。冷静に心を整理しながら見ることができるという間接体験の良さがあるのです。

　ですから、本は直接体験じゃないからといって脇に置くのではなくて、絵本から受け取れる体験というのも、もちろんあるわけです。そういうことがすごく重要なことだと思います。

　子どもにとって体験になるということがすごく重要なのですが、それだけではここまで絵本は豊かにならなかったのです。

　なぜこんなに発展してきたかというと、絵本の表現というのが表現媒体として面白いと思う大人がいるからなのです。自分がしたいことが、どこまで絵本で可能かということに挑戦できた人たちがいるということです。

　その一つが私はグラフィック・デザイナーたちだと思います。印刷という媒体を通して表現する人たちですから、絵本という連続する絵の面白さや、大人よりもはるかに直感的に表現したいことを受け取る力がある子どもたちという読者―語りかけたときに、大人のように自分の古ぼけた体験からだけで判断しないで、直感的に面白いものは面白いとつかめる力がある子ども―に向けて出せるという面白さもあって、参入してきているのだと思います。

　午後からそのお話もたくさん聞けると思います。絵本は、大人も、これに関わることが面白いと思える媒体だということです。可能性が非常にたくさんある媒体だということです。やはりそういうことが絵本を発展させていると思います。

　「子どもに、子どもに、子どもに」というのは、やはり閉塞的な小さな世界になってしまいます。でも、自分の表現したいことをいかに表現できるかというようなことを考えていく限りは広がっていきます。そこに私は、絵本が発展できてきた理由があると思います。それは、絵本の構造自体が持っている可能性でもあったと思いますね。

　私の講義は以上、ここまでにいたします。

（いしい　みつえ）

「絵本を一冊まるごとウォッチング」紹介資料リスト

（本館）　→　国立国会図書館東京本館で所蔵
（デジタル化）　→　「国立国会図書館デジタルコレクション」（館内・図書館送信対象館内限定公開）
注：デジタル化図書については、原則として原本はご利用いただけません。

No.	書名	著者名	出版事項	請求記号
1	ピーターラビットのおはなし	ビアトリクス・ポター さく・え いしいももこ やく	福音館書店, 1971	Y17-3626-[1]
2	えんそく	片山健 [著]	架空社, 1994	Y18-9100
3	くまさん	レイモンド・ブリッグズ 作 角野栄子 訳	小学館, 1994	Y18-9776
4	はらぺこあおむし （ビッグブック）	エリック・カール さく もりひさし やく	偕成社, 1994	Y18-N00-519
5	100かいだてのいえ （ビッグブック）	岩井俊雄 [作]	偕成社, 2009	Y17-N10-J571
6	ぱたぱたぽん	長新太 [著] ほか	福音館書店, 1994	Y18-9504
7	みぎのほん	五味太郎 [著]	絵本館, 1996	Y17-M99-455
8	ひだりのほん	五味太郎 [著]	絵本館, 1996	Y17-M99-456
9	らくがき絵本	五味太郎 著	ブロンズ新社, 1990	Y95-89W85705
10	日がのぼるとき	駒形克己	ONE STROKE, 2015	所蔵なし
11	ちいさなうさこちゃん	ディック・ブルーナ 文・絵 いしいももこ 訳	福音館書店, 1964	Y17-28-[1] （デジタル化）
12	あかちゃん	tupera tupera 作	ブロンズ新社, 2016	Y17-N16-L319
13	ほしのひかったそのばんに	わだよしおみ 文 つかさおさむ 絵	こぐま社, 1966	Y17-219 （デジタル化）
14	つきのぼうや	イブ・スパング・オルセン さく・え やまのうちきよこ やく	福音館書店, 1975	Y17-4567
15	パンのおうさま	えぐちりか 作	小学館, 2014	Y17-N14-L907
16	ちいさなみどりのかえるさん	フランセス・バリー さく たにゆき やく	大日本絵画, 2008	Y18-N08-J188
17	ぼく、うまれるよ！	駒形克己 作	One Stroke, 1995	Y18-11917
18	ぼく、うまれるよ！（改訂版）	駒形克己 作	One Stroke, 1999	所蔵なし

19	きりのなかのサーカス	ブルーノ・ムナーリ 作 八木田宜子 訳	好学社, 1981	Y17-7775
20	Little eyes	駒形克己 作者	偕成社, 1990-1992	YN1-49 (本館)
21	絵巻えほんびっくり水族館	長新太 著	こぐま社, 2005	Y17-N05-H1321
22	くまさんどこかな？	髙橋香緒理 絵と文	河出書房新社, 2015	Y17-N15-L1116
23	土のなかには	駒形克己 作	偕成社, 1993	Y18-7657
24	うらしまたろう	藤本真央 絵・話・デザイン	青幻舎, 2016	Y17-N17-L161
25	100かいだてのいえ	いわいとしお [作]	偕成社, 2008	Y17-N08-J666
26	ちか100かいだてのいえ	岩井俊雄 [作]	偕成社, 2009	Y17-N09-J1190
27	きょうのおやつは	わたなべちなつ さく	福音館書店, 2014	Y17-N14-L884
28	パパ、お月さまとって！	エリック=カール さく もりひさし やく	偕成社, 1986	Y18-2327
29	ちへいせんのみえるところ	長新太 作	ビリケン出版, 1998	Y17-M99-736
30	いないいないばあ	松谷みよ子 文 瀬川康男 絵	童心社, 1967	Y17-267 (デジタル化)
31	のりものつみき	よねづゆうすけ 作	講談社, 2011	Y17-N11-J697
32	へんなおでん	はらぺこめがね 著	グラフィック社, 2015	Y17-N15-L298
33	ちずのえほん	サラ・ファネリ さく ほむらひろし やく	フレーベル館, 1996	Y18-11747
34	マドレンカ	ピーター・シス 作 松田素子 訳	BL出版, 2001	Y18-N02-150
35	わにのなみだ	アンドレ・フランソワ さく いわやくにお やく	ほるぷ出版, 1979	所蔵なし
36	しろねこくろねこ	きくちちき [作]	学研教育出版, 2012	Y17-N12-J191
37	アンジュール	ガブリエル・バンサン 作	ブックローン出版, 1986	Y18-2368
38	こすずめのぼうけん	ルース・エインワース 作 石井桃子 訳 堀内誠一 画	福音館書店, 1977	Y17-5159
39	はじめてのおつかい	筒井頼子 さく 林明子 え	福音館書店, 1977	Y17-5153

40	本の子	オリヴァー・ジェファーズ, サム・ウィンストン 作 柴田元幸 訳	ポプラ社, 2017	Y18-N17-L144
41	かもさんおとおり	ロバート・マックロスキー 文・絵 わたなべしげお 訳	福音館書店, 1965	Y7-240
42	星の使者	ピーター・シス 文・絵 原田勝 訳	徳間書店, 1997	Y3-M98-35
43	イヌのすべて	サーラ・ファネッリ 作 掛川恭子 訳	岩波書店, 1998	Y18-M99-173
44	はせがわくんきらいや	長谷川集平 さく	すばる書房, 1984	Y18-1297
45	はせがわくんきらいや	長谷川集平 著	復刊ドットコム, 2003	Y17-N14-L243
46	Lines	Suzy Lee	Chronicle Books, 2017	所蔵なし
47	おかあさん	シャーロット・ゾロトウ 文 アニタ・ローベル 絵 みらいなな 訳	童話屋, 1993	Y18-7709
48	月光公園	東逸子 絵 宙野素子 文	三起商行, 1993	Y18-9168
49	ひとあしひとあし	レオ・レオニ 作 谷川俊太郎 訳	好学社, [1975]	Y17-4473
50	ガンピーさんのふなあそび	ジョン・バーニンガム さく みつよしなつや やく	ほるぷ出版, 1976	Y17-5237
51	こころの家	キム・ヒギョン 文 イヴォナ・フミエレフスカ 絵 かみやにじ 訳	岩波書店, 2012	Y18-N13-L141
52	オニオンの大脱出	サラ・ファネリ [著] みごなごみ 訳.	ファイドン, 2012	Y18-N12-J144
53	なみ	スージー・リー 作	講談社, 2009.7	Y18-N09-J261
54	いたずらえほんがたべちゃった！	リチャード・バーン 作 林木林 訳	ブロンズ新社, 2016	Y18-N16-L253
55	りんごかもしれない	ヨシタケシンスケ 作	ブロンズ新社, 2013	Y17-N13-L351
56	アンリくん、パリへ行く	ソール・バス 絵 レオノール・クライン 文 松浦弥太郎 訳	Pヴァイン・ブックス, 2012	Y18-N12-J280
57	絵本はアート	中川素子 著	教育出版センター, 1991	KC511-E56
58	絵本は小さな美術館	中川素子 著	平凡社, 2003	UG71-H23
59	絵本学講座.2	石井光恵 編	朝倉書店, 2015	KC511-L68

[レジュメ]

絵本はアート

中川　素子

1　はじめに

『絵本はアート ひらかれた絵本論をめざして』（教育出版センター 1991）を出版したのは 26 年前のことである。「刺激を受けた」「今までにない絵本論」などと、多くのマス・メディアで紹介され、日本児童文学学会奨励賞をいただいた。ことさら意図的、挑戦的に書いたわけではなく、美術の場にいた私のごく自然な見方であったが、それまでの絵本に対する枠組みの狭さが浮き上がったのかもしれない。「はじめに」の部分をのせてみる。

「絵本はこの頃、何やらファッションになったかのようである。出版数も多いし、マス・メディアでもよくとりあげられている。書店の絵本コーナーに行けば、子どもだけではなく若い女性やカップルなどが本を手にしてにこにこしている。それはそれで喜ばしいことだが、絵本の世界そのものがそれほど拡大したというわけではない。あいかわらず児童文学の世界に入れられて、画家たちは何となく浮かない顔をしている。絵本論もほとんどが児童文学の枠組みから語られ、絵から語ったものも絵がいかに物語を表現しているかという解釈論にすぎない。音楽、映画、演劇など現代芸術のさまざまな分野はクロスオーバーし、開かれた存在になってきている。いや、政治経済、科学、哲学、生活などともクロスオーバーしているといってよい。現代美術もその開かれた世界の真っただ中にいるというのに、こと絵本の世界に入ると、たくさんの安全装置をつけられ妙に小さくなったり、絵本作家の考え方がまるきり理解されていなかったりする。この本では音楽、映像、演劇、歴史、科学などから、また現代美術のさまざまな考え方から絵本を見ていきたい。そのことが絵本や絵本論を"開かれたもの"にするならばとてもうれしい。」

以後、視覚表現メディアとして絵本定義を広げることは動き出したとはいえ、絵本を物語や言葉と考えている方々に、すんなり受け入れられたわけではない。

現代美術に比べ、絵本の世界が矮小すぎて時におもしろくないと感じることもあった私は、絵本についてだけでなく、『本の美術誌 聖書からマルチメディアまで』（工作舎 1995）、『モナ・リザは妊娠中？ 出産の美術誌』（平凡社 2007）、『スクール・アート 現代美術が開示する学校・教育・社会』（水声社 2012）、また水や生命を表現する美術についての論文などに時間をさいていたが、それらの美術を周遊することで、絵本を見る新しい視点を見つけられたようにも思う。

2　絵の力を知る絵本作家たち

絵本のなかの絵と言葉の捉え方のヒントを、レオ・レオニ、谷川俊太郎、スタシス・エイドリゲーヴィチュスの絵本評を書いた森村泰昌の 3 人から引き出してみる。

『スイミー ちいさなかしこいさかなのはなし』（好学社 1969）（Swimmy, 1963）の作者、レオ・レオニは、「私自身の気にかかっている問題を論じるための表現形式をさがそうとすると、"子どもの話"

にいきつくことになる」とした上で、「己れとは何者かを知ることが、もっとも根本的な問題」と、自己認識の問題について触れている（レオ・レオニ「一九三六年ミラノから」『子どもの館』1976.6, pp.41-51.）。レオニの絵本では、小さな主人公たちが「自分らしく生きること」をテーマにした「自分探し」の物語が多い。前述の『スイミー ちいさなかしこいさかなのはなし』はもちろんのこと、『あおくんときいろちゃん』（至光社 1967）（*Little blue and little yellow*, 1959）、『じぶんだけのいろ いろいろさがしたカメレオンのはなし』（好学社 1978）（*A color of his own*, 1975）、『ペツェッティーノ じぶんをみつけたぶぶんひんのはなし』（好学社 1978）（*Pezzettino*, 1975）などだが、レオニの描く絵本では、自分探しは言葉というよりも色や形で行われているのが常だ。

　言葉を第一義におく詩人・谷川俊太郎が、以下のように話している。

　　絵本はコトバと映像（画や写真）から成り立っていますが、コトバがない絵本はあるけれど、映像のない絵本はありません。とすると、絵本ではコトバも大切ですが、映像のほうがもっと大切だということになります。でも映像だけの絵本でも、そこには必ずコトバが隠れています。（中略）物語を書くのが苦手なので、ぼくの作る絵本は、ものの見かた、考えかたを子どもにも分かるコトバと映像で伝えるものがほとんどです。その場合大切なのは、アイデアだとぼくは思っています。思いがけない角度で切り取ることで、ふだんよく知っていると思いこんでいる現実の意外な面、思いがけない本質が見えてくる。ただの思いつきでもいいんです、思いつきというのは、ときに知性よりもっと深いところ、まだコトバにならないものが渦巻いている意識下から湧いてくるものですから。（中略）映像が先にあってそれにコトバをつけるのもぼくは好きです。映像が自分ひとりでは考えつかないようなコトバを誘い出してくれるからです。
　　（谷川俊太郎「絵本作りの楽しみ」講談社絵本通信
　　< http://ehon.kodansha.co.jp/archives/interview05.html >）

　私が文を書いた絵本『アウスラさんのみつあみ道』（石風社 2015）の画家、スタシス・エイドリゲーヴィチュスは、必ずしも文に沿うとは限らない絵を描いているが、美術家の森村泰昌の書評（図書新聞）は、文とは整合性をもたない絵の力を認めている。

　　それにしても、リトアニア出身で現在はポーランドを拠点とするスタシス・エイドリゲーヴィチュスさんの絵は、不思議なちからを持っている。冒頭ページの絵には、三角の山が四つ、その隙間から三種の動物の姿が見える。これは中川素子さんの書いた、『おぼんのように まあるい大地を、4つの山が かこんでいます。』と始まる物語に呼応するものであるが、直接的な説明ではない。（中略）こうしてスタシスさんの絵は説明的ではなく、それだけにむしろ、読者の想像力によっていくらでも深く入り込んでいける、奥行きのある世界となっている。（中略）本作の制作者とその内容は、ともに「三つ編み力」によって成り立っている。このコンセプトのシンクロニシティが相乗効果を生み出すとき、物語は大きな説得力をもって立ち現れる。
　　（森村泰昌「『三つ編み力』を感じさせる絵本」『図書新聞』2015.6.27.）

3　視覚表現メディアとしての絵本による世界認識や時代性

　幼児画の発達過程を見ると、スクリブルから頭足人、基底線、レントゲン描写、意味づけ期など、絵が子どもたちの世界認識の深化に基づいて、変化しながら描かれていることがわかる。絵本の絵も、物語や言葉の説明としてだけでなく、作者の世界認識表現として見ることができる。

　「絵本はアート」、「絵本は視覚表現メディア」として語れるものといえば、色、形、描画法、画材、

基材、文字デザイン、文字のレイアウト、装丁、印刷技術などたくさんあるが、今回は、世界認識や時代性、また人間関係などを最もよく開示している絵本の作品構造（線構造、円環構造、点の並列構造、点の集中構造、対位法構造、ポリフォニー構造）を中心に、また、4のDのインタラクティブ・アートを見ながら「目と手による認識とインタラクション」についてもお話ししようと思う。

4 美術史上から絵本のアート性を考える

A 美術の歴史の中で、複数画面で物語を表現するもの。
パピルスに描かれた「死者の書」、サンチーの仏教遺跡の浮き彫り、スクロヴェーニ礼拝堂のジョットの壁画、「絵因果経」や「信貴山縁起絵巻」など多くの絵巻物などそれぞれに、複数画面への展開の工夫がみられる。

B 美術史の中で、絵本に影響を与えたもの。
パピルスによる巻子本でなく、パーチメントやヴェラムによる綴じ本の出現。中世の美しい写本、天文学や医学や数学など中世の学術用しかけ絵本、15世紀のグーテンベルグによる活版印刷術の発明、産業革命後の大量生産品でなくウイリアム・モリスがめざした美しい本作り、19世紀末のカメラの普及、20世紀映画のカメラ視点への意識

C 「リーブル・ダルティスト」(1920〜30年代以降)、「アーティスト・ブック」(1960年以降)、「アート・ブック」、「ブック・アート」など。
マティス、カンディンスキー、リシツキー、エルンストなど。
キュビスムやシュルレアリスムによるコラージュ手法の始まり。
ロシア・アヴァンギャルドによる実験的なタイポグラフィ。
未来派（ムナーリもいた）による作品素材選択の自由さ。
20世紀中頃のコピー機の発明。『ゼロックス・ブック』
フルクサス、反芸術
CGの進歩、佐藤雅彦『動け演算』などアルゴリズムの展開
デザイナーたちの目（キース・ゴダードや福田繁雄など）
アニメーション作家の目（久里洋二、ピーター・シス、イシュトバン・バンニャイなど）
アーティストたち（大竹伸郎、日比野克彦、ヤノベ・ケンジ、村上隆、鴻池朋子、千住博、新宮晋、島袋道浩、リ・ウーハン、岡崎乾二郎、土佐信道、大岩オスカール、ジュリアン・オピー、スタシス・エイドリゲーヴィチュスなど）の作品コンセプトに基づいた絵本。

D アートの概念の絵本への流入
　イ、コンセプチュアル・アート
　　　ローレンス・ウエイナーなど。
　ロ、インタラクティブ・アート
　　　1960〜70年代以降のCGの発達により、見る人が作られた作品に関わり、インタラクション（相互作用）をもたらすという考え方が広まり、それを生かす絵本も多くでてきた。そして絵本を受け取るだけでなく、自分たちが再創造するワークショップも活発に行われている。CGとは関係なく、絵本の世界でいち早く、このことを実行していたのは、ブルーノ・ムナーリであり、その時期も1940〜50年代とずっと早い。また日本では駒形克己がブルーノ・ムナーリを引き継いでいるといえる。

　絵本は、美術の世界より一時代遅れがちとはいえ、その表現は確実に浸透してきている。また、以前は絵本として認められていなかった作品が、少しずつ絵本定義の中に入れられてきている。絵

本に関わる人たちが、ブック・アートや映像、音楽、科学などにも目を配ることにより、新しい見方が認知され、絵本の場を広げることができることと思う。

参考文献
資料リスト（p.52-55）2-4, 6, 8, 10-15, 17, 49.

絵本はアート

中川　素子

絵本はアート

　中川です、こんにちは。
　皆さんにお尋ねしますが、絵本を「物語の本」だと思う人は手を挙げてください。いないですか。絵本を「絵の本」だと思う人は手を挙げてください。じゃあもう一度、絵本を「物語の本」だと思う人は手を挙げてください。はい、分かりました。まあ両方いらっしゃるわけですね。あるいは両方混じったものだというふうに思われる方がいらっしゃるかもしれません。
　私が絵本専門士養成講座というところで「絵本は絵の本です」と第一声で言いましたら、「驚きました」っていう感想がものすごく多かったのです。逆にそれに驚いた経験があるので、ちょっとお尋ねしてみました。
　それでは画像をスクリーンでお見せしながら話してまいります。
　『絵本はアート』[1]を書いたのは1991年です。この第1章で、造形作家の河原温の「ONE MILLION YEARS」[2]と、同じく造形作家の河口龍夫の「BLUE LINE」[3]を取り上げているのですが、皆さん「これ、絵本？」と思われるかもしれません。
　こうしたアーティストの作品を取り上げているので斬新だということで、日本児童文学学会奨励賞を受けました。「ONE MILLION YEARS」は、過去編10冊未来編10冊で、百万年の年号がタイプ印刷されている作品です。「BLUE LINE」は青い線を何かで描くのではなくて、和紙と和紙の間に銅線を挟んで、その銅線から緑青ではない薬か何かによる青い錆が出て、その自然が作った線ということで表現しています。
　（様々なキーワードが書かれたスライドを指し）これは絵本の研究領域ということで、思いつくままキーワードを挙げたものです。作家の名前、学問の名前もあれば、癒しとかジェンダーとかそういった意味の言葉も、ごちゃごちゃに書いています。私は絵本を見るとき、広く広く見たいという思いがあるので、こうしたキーワードから取り上げているわけです。
　『絵本はアート』を出した翌年の1992年に、「絵本は視覚表現メディア」[4]ということで、『朝日新聞』に書いております。
　編集責任を果たしました『絵本の事典』[5]の第一章は、私が全て担当しましたけれども、その中で「絵本のメディア・リテラシー」ということで、16のメディアを取り上げています。
　今回の講座では「絵本はアート、絵本はメディア」というふうに、アートとメディアは分けられていますが、私の頭の中ではその二つは特に分けていません。事前に国際子ども図書館の方にも、混ざって構わないですかということをお尋ねしましたら、全然構いませんとのことでしたので、このメディアという言葉が時々入ってくるかもしれません。まずそれはお断りしておきます。
　この講座では、絵本というものを狭く捉えないで、もっと広い観点から考えたいと思います。
　『本の美術誌』[6]という書籍では、聖書からマル

1　中川素子 著『絵本はアート ひらかれた絵本論をめざして』教育出版センター, 1991.
2　河原温 作「ONE MILLION YEARS」, 1970-.
3　河口龍夫 作「BLUE LINE」(「青い線」), 1985.
4　「絵本は視覚表現メディア　中川素子・文教大助教授」『朝日新聞』1992.3.26（夕）
5　中川素子, 吉田新一, 石井光恵, 佐藤博一 編『絵本の事典』朝倉書店, 2011.
6　中川素子 著『本の美術誌 聖書からマルチメディアまで』工作舎, 1995.

チメディアまで、例えばパピルスから始まって、マルチメディアの作品まで幅広く取り上げています。

この本は『別冊太陽　絵本と遊ぼう』[7]、目と手で楽しむ絵本集です。『別冊太陽』で絵本の特集はよくありますけれども、この目と手で楽しむ絵本集って取り上げ方はないので、私がやらせてくださいということでやらせてもらいました。

この中に、私は全く絵本とは思われないものを2冊入れてあります。インドネシアのアーティスト、アグス・スワゲ（Agus Suwage）の本[8]と、版画家の柄澤齊（からさわひとし）の木口木版（こぐちもくはん）の本[9]です。

私は絵本をテーマとする書籍にこうしたアーティストの作品を密かに滑り込ませるのが得意で、数を多くしちゃうと中川さんこれはまずいよとか言われると思うんですが、たった2冊ですから、編集者は何も文句は言わなかったです。こうした作品を入れておくと、これを見る人の絵本の定義が揺らぐというようにしていきたいと思っています。

『おとなが子どもに出会う絵本』[10]は、谷川俊太郎さんと御一緒しました。特に実験的な本ではないのですが、谷川さんの助力でできた本だと思います。

『ブック・アートの世界　絵本からインスタレーションまで』[11]という本は、カバーのタイトルがとても小さいです。上の方にあります。その下の大きな文字は谷川俊太郎の帯の文です。

「アートになるとき、本はメディアを超えた『存在』となる。アートになるとき、本は著者を超えてそれ自身の生命を生き始める」

すごくいい言葉ですよね。この装丁は装丁家の菊地信義によるものなんですけれども、私はこの装丁が大好きで、帯が大きくてタイトルが小さいっていうのがすごくいいなあと思っています。

それからこの、きのこの生えた古い書籍の写真は「何これ」と思われるかもしれませんが、福本浩子というアーティストが作った作品です。福本浩子は、本のインスタレーション作品をたくさん製作しています。これは、ある辞典にきのこを生やしているんですね。私の本の写真はないんですけれども、ある時、「先生の本ください」って言われて、彼女のことを書いた本は全部あげているのにと思って何をするのか聞いたら、ぐちゃぐちゃにして潰してパルプ状態にして、そこにきのこの菌を植えて、それできのこを生やすって言うんです。

このように、本というものに対しては、いろいろイメージする人がいるわけですね。

先ほど「絵本は絵の本」ですって言いましたが、私自身は文学系の家で育っています。私の父[12]は、芥川賞の最終候補になりました。川端康成はすごく推薦してくれたみたいなんですけれども、父の書いたのは俘虜記（ふりょき）であって小説ではないということと、父は改造社の『文藝』[13]の編集長をしていたので、短編を出していて新人じゃないってことでダメだったんです。私の姉[14]は、ソ連とロシアの児童文学と絵本の研究をしていて、『カスチョール』[15]という雑誌を毎年出版して、ロシアの文化勲章のプーシキン・メダルというのをロシア政府から贈られました。まあそういう文学系の家です。

小学生の時に、先生に「みんな何になりたいですか」って聞かれて、私が何て言ったかっていうと、「小説家」って。いつも頭の中が空想とか物語でごちゃごちゃになっているような子で、常に頭の中は物語でいっぱいだったんです。

でも、絵本に関しては、私はそういう自分の性格なんかはパッと切って、「絵本は絵の本」だっていうことでやっております。

視覚表現メディアっていいますけれども、例えば人間は最初、四足歩行でしたよね。それで立つと、視界がぐっと広がります。すると人間は視界

---

[7] 中川素子 編『別冊太陽 絵本と遊ぼう』平凡社, 1999.
[8] Agus Suwage, *THIS ROOM OF MINE*, 1996.
[9] 柄澤齊 作『雅歌』湯川書房, 1984.
[10] 谷川俊太郎, 中川素子 編『別冊太陽 おとなが子どもに出会う絵本』平凡社, 2003.
[11] 中川素子, 坂本満 編『ブック・アートの世界 絵本からインスタレーションまで』水声社, 2006.
[12] 小説家、翻訳家の高杉一郎（1908-2008）。シベリアでの抑留体験をもとに書いた『極光のかげに』が第24回芥川賞候補作品となった。
[13] 『文藝』改造社, 1933-1944.
[14] ロシア児童文学翻訳家、大阪外国語大学（現・大阪大学）名誉教授の田中泰子。
[15] 「カスチョール」編集部 編『Костер カスチョール』「カスチョール」編集部, 1991-.

が広がることによっていろいろな認識をして、物や距離感が分かるわけですね。よく、言葉、文字が認識であって、目とか絵は感覚だっておっしゃる方がいるんですけれども、そうではない。私はそういうとき、常に「いいえ、認識です」って反論するんですけれども、絵は本当に認識、「世界をいかに認識しているか」ということの表現です。

例えば、保育園などで子どもを育ててらっしゃる方はお分かりになるかと思いますが、幼児の発達を見ますと、初めはスクリブル（殴りがき）から、頭足人、そして基底線やレントゲン描写などを描くようになります。そういった絵の変化というのは、子どもが目で見て、物がどうなっているかが頭に入る、その発達の変化とともに生じます。だから絵というのは単なる感覚じゃなくて、いろいろな世界をどう見てどう認識しているかということの反映であるわけです。そういうところをきっちり捉えていてほしいと思います。

絵本作家の絵も、絵本作家がどう世界を見たか、どう認識したかっていう「見ること」と、どうみんなにそれを見せようとしているかっていう「見せること」で、「見ること」と「見せること」の結託したものなんですね。だから絵本というのは、そういった意味で、絵がいかに表現してるかっていうことが大切なものです。

絵本の視覚表現といえば、色、形、素材、技法等いっぱいありますけれども、まずは絵本の構造、画面と画面をどう組み立てるかというのを見ていきたいと思います。

線構造

いろいろな構図がありますが、まず「線構造」。児童文学が専門の方は、物語を線で考える方が多いですよね。表紙の初めがあって、裏表紙の終わりがあって、その中を物語や時間が線として続いていく、というふうに考えられる方が多いです。ヨーロッパのキリスト教の文化っていうのもやはり、線構造で考える人が多いですよね。

それに対してアジアの人は、もうちょっとぐるぐるしたり、後で円環構造というのが出てきますけれども、そういった意識で見るものが多いです。

これはグラフィック・デザイナーの福田繁雄の作品「Romeo and Juliet 線をよむ本」[16]です。これはずーっと「線を読む」んですね。赤いのがジュリエットです。黄土色みたいなのがロミオで、ジュリエットが仮死状態みたいになって細い細い線になっていますよね。それをみたロミオは驚愕して、線がガタガタッてなります。そういうふうに、線でもって全てのことを表現しています。福田繁雄は、絵本作家といっても良いんですけれども、デザイナーですね。1960年ぐらいに実験的な絵本を自家版でたくさん出されています。

絵本を研究されている方は、やはり出版社から出版されたものを研究なさる方が多いんですけれども、どういう人がどういうふうに、いつ、どんな試みをしようとしているかっていうのは見ておくといいと思います。

これはジーニー・ベイカー（Jeannie Baker）の *Window*[17]という絵本です。これは、画面と画面が2年という等間隔で出てきますね。お母さんが赤ちゃんを抱いています。この赤ちゃんがこの2年ごとに大きくなっていきますが、これは4歳の時ですね。やんちゃな男の子になって、そして思春期になって、これは16歳ですか、彼女もできて、最後はこの男の子が自分で赤ちゃんを抱いている絵になります。最初と最後では窓の形が違っていますよね。

ジーニー・ベイカーは、いろいろな意味合いを込めてこの本を描いています。オーストラリアの作家で、自然保護を訴えるいろいろな作品を作っている人です。

この絵本の最初、お母さんが赤ちゃんを抱いている時は、まだ窓の外は森のような感じですよね。それがどんどん家が建って、町になります。今度男の子が引っ越したところはまた森のようなところ。でもそういうふうに人間が住むと人口が多くなって、車もたくさん通って自然が壊されていく、そういうことも伝えたいのかもしれません。

こういうのはレリーフコラージュといって、紙なんかだけじゃなくて、植物や布など実際のものを貼ったりしていますね。

それからこれは長谷川義史の『おじいちゃんの

16　福田繁雄 作「Romeo and Juliet 線をよむ本」, 1965.
17　Jeannie Baker, *Window*, 1991.

おじいちゃんのおじいちゃんのおじいちゃん』[18]という本でして、最初に出てくるのが僕のお父さんで、次に出てくるのが僕のおじいちゃんで、その次、ひいおじいちゃん、ひいひいおじいちゃんというふうになります。そういうふうに最初は僕のお父さんから僕のひいひいひいおじいちゃんまでは時間の間隔は同じですけれども、その次はひいひいひいひいひいひいひいひいひいおじいちゃんって、どんどんすごい距離になっていきます。そういうふうに、時間というものは飛んでいくわけですけれども、そういう飛んでいくということを線では表現してないですね。長さでは表現せず、「ひいひいひいひい」という言葉の積み重ね、重み、そういったもので、表現しています。終わりの方のページは「ひい」という言葉が大量に並んでいてすごいです。この「ひい」という言葉が、時間を表現している。これは、先ほどお見せした河原温の作品「ONE MILLION YEARS」なんかにも繋がります。時間の長さが量で示されるわけですよね。この1ページの5分の1が100年なんですけれども、私はまだ100年、つまりこの作品では5分の1ページにもなっていないです。

次にエレーナ・サフォーノヴァ（Yelena Safonova）の PEKA[19] という本です。1930年代の古くて紙質も悪い、ページ数も少ないけれど、非常にきれいな絵本です。これは縦開き本ですね。縦にめくっていく。開き方によっても何を表現しようとしたかが分かりますね。これは時間ではなく空間です。川がずーっと流れていく。ページの下の方の川幅が、次のページの上の川幅になっていて、またずっと川が流れていく。これはドローンで見たような風景なんですよね。建物の向きやなんか、いろいろ考えて作っています。最終的には海に繋がり水平になります。

次に、岩井俊雄の『そらの100かいだてのいえ』[20]という本です。岩井さんは『100かいだてのいえ』[21]でとても売れて、シリーズでいろいろな「100かいだてのいえ」をたくさん出版されていま

---

18 長谷川義文 作『おじいちゃんのおじいちゃんのおじいちゃんのおじいちゃん』BL出版, 2000.
19 Yelena Safonova, *PEKA*, 1930.
20 岩井俊雄 作『そらの100かいだてのいえ』偕成社, 2017.
21 岩井俊雄 作『100かいだてのいえ』偕成社, 2008.

す。

私は岩井さんがお若い頃から知っていまして、その作品は、例えば坂本龍一がピアノを弾くと映像がそれに合わせて壁に出てくるといったものです。私は彼のそういうメディアアートがとても好きだったんです。最近いろいろなメディアアートのシンポジウムなどで発言なさっているので、そのうち、絵本とメディアアートの合体した何かを出してくれないかなと期待しております。

今までの「100かいだてのいえ」は生き物が多く出てきましたけれども、『そらの100かいだてのいえ』では氷とか、それから光や雨などの自然現象が出てきまして、こうした絵本も科学絵本として見ることが可能かなと思っております。

これは *Zoom*[22] というイシュトバン・バンニャイ（Istvan Banyai）の本です。この人は元アニメ作家です。絵本作家だけじゃなくて、他に何かをしている人は、やはり絵本に対する表現も変わってきます。

この本では、鶏のとさかからズームアウトしていきます。描かれる風景が、急角度で上がっていくようにどんどんズームアウトしていく。全体的にはズームアウトの絵本なんですが、ところどころでズームインして、またズームアウトして、という目の動きをしています。鶏のとさかから鶏を眺めている子どもたち、子どもたちがいる家の中から外に出て田舎の風景かと思っていたら、それが全ておもちゃで、そのおもちゃで遊んでいる女の子がいるというように、ズームアウトしていきます。そうしたらこの女の子も写真で、その写真が載ったカタログか何かを持っている男の子が出てきます。この男の子は船に乗っているのですが、その船が、バスの側面に描かれています。

そういうふうにどんどん視点が変わって、そして最終的に空に行っちゃう、そういう表現の仕方をしています。このバンニャイさんには、2005年に絵本学会大会にも来ていただきました。

円環構造

次に、「円環構造」といいまして、ぐるぐると回

---

22 Istvan Banyai, *Zoom*, 1995.

る構造です。先ほどアジアのものに多いと言いましたが、この円環構造は現在ではいろいろな美術作品に見られます。例えば線構造には、「行きて帰りし物語」といって、直線的に折れ曲がって戻るというのもありますけれども、そうではなくて、ぐるぐるぐるぐる回りながら進むという表現の仕方です。

イエラ・マリ（Iela Mari, 1931-2014）の『木のうた』[23]は、同じ木を1年間ずっと見ている定点観測の絵本です。冬眠していたヤマネが出てきて、鳥が巣を作ったりして、秋にはみんな去っていって。1年間をそういったもので表現しています。

同じくイエラ・マリの Mangia che ti mangio[24] という絵本は、食物連鎖を表現しています。クロヒョウが前の獲物を追いかけて、その獲物も次の獲物をどんどん追いかけて。蚊は、ハマダラカでしょうか、マラリアをうつして人間は死ぬかもしれません。けれども、その人間はトラを狙っています。トラはワニを狙って、そしてまたクロヒョウに、最初のとは違うクロヒョウでしょうけれども、最初に戻るわけですね。

イエラ・マリは、「色指定印刷」の作家です。駒形克己もそうですよね。「色指定印刷」って御存じですか？黒だけで原画を描くんです。だから原画には色がないんです。ここを緑にここを赤にといったふうに色を指定しますと、その色で刷り上がるんですね。ですから、筆で濃淡を整えたものではなく、全体がぴしっと同じ色になります。つまらないかなと思われるかもしれませんが、イエラ・マリは物の形をしっかり捉えていますから、平面的にならずに、動物もちゃんと立体感のある動物になっています。

まだイエラ・マリが日本で有名になるずっと以前、私が昔『美術手帖』という雑誌に関わっていた頃に、この絵本を編集者たちに見せたら、皆すごく騒いで素晴らしいと言ったのですが、ある出版社にこの絵本を出版しないかと言ったら、「トラの目が怖いからダメ」と言われました。

『にわとりとたまご』[25]という本は、このイエラ・マリとエンツォ・マリ（Enzo Mari）によるものです。これも、卵が先か鶏が先かみたいな感じでぐるぐる回っていきますが、ただ円環だけじゃなくて、卵の外側を見て、次に卵の内側を見て、外側を見て、内側を見る、というような表現をしています。円環構造に加えて外と内の構造という、二つの表現が重なったようなものです。

イエラ・マリは非常にうまいですよ。板橋区立美術館でイエラ・マリ展[26]が開催されたときにとても空いていまして、学芸員の方が「一般的に、キャラクターものでないと人が来ないんですよ」とおっしゃっていました。司書の皆さんは、キャラクターものだけじゃなくて、こういったものの良さをぜひ知らせていってほしいと思います。

ただこの絵本で卵の中を描いているのが、胎児を思い起こさせるといって批判されたらしいです。私は、人間の胎児を思わせても別に構わないと思いますけれども。

この WITHIN (TIME)[27] という本は、三次元空間をぐるりと一回転する女性を60画面で表現しています。絵本画面に垂直に交わる面を1画面で6度動くことになります。同時に、絵本画面上を時計のように6度ずつ動く針が描かれています。三次元表現と二次元表現とを一冊にしたとてもユニークな作品です。

点の並列構造

次に、「点の並列構造」です。これは時間や空間ではなく、何か事物をぽんぽんぽんぽんと置いて並べるようなかたちです。

クリス・ヴァン・オールスバーグ（Chris Van Allsburg）の the Z was zapped[28] という絵本では、一つ一つのアルファベットが1ページに1文字描かれています。

オールスバーグの作品は『ジュマンジ』[29]、『ベンの見た夢』[30]、『魔術師アブドゥル・ガサツィの

23　イエラ・マリ 作『木のうた』ほるぷ出版, 1977. (Iela Mari, L'Albero, 1975.)
24　Iela Mari, Mangia che ti mangio, 2010.
25　イエラ・マリ, エンツォ・マリ 作『にわとりとたまご』ほるぷ出版, 1995. (Iela Mari and Enzo Mari , L'uovo e la gallina, 1970.)
26　「イエラ・マリ展―字のない絵本の世界―」（板橋区立美術館, 2014年11月22日-2015年1月12日）
27　Peter Downsbrough, WITHIN (TIME), 1999.（Project 1987）
28　Chris Van Allsburg, The alphabet theatre proudly presents the Z was zapped : a play in twenty-six acts, 1987.
29　クリス・バン・オールスバーグ 作, 辺見まさなお 訳『ジュマンジ』ほるぷ出版, 1984. (Chris Van Allsburg, Jumanji, 1981.)

庭園』[31]等がありますよね。非常に不思議な世界を表現しているものが多くて、人気があります。私はこの the Z was zapped が好きです。ちなみにオールスバーグはもともと彫刻家で、ホイットニー美術館にも作品があるそうです。彫刻家なので、彫刻の素材、例えば縄や骨といったものをどう使うとか、どう表現したらいいかというようなことを、絵本で試しているような感じがします。

次にロイス・エイラト（Lois Ehlert）の『野菜とくだもののアルファベット図鑑』[32]です。この人は、エリック・カール（Eric Carle）が紙に色を塗ってそれを切り抜いて創作しているのと同じように、紙に色を塗ったのを切り抜いてコラージュしています。でも全然タイプが違いますね。きれいなぼかしグラデーションです。

点の集合構造

「点の集合構造」は、各ページの内容が単体として「点」のように存在するのではなく、1冊の本の中でそれぞれのページの内容が一つにまとまることで意味を成してゆく表現です。

この絵本、L'ALTALENA[33]は、蛇腹に折り畳まれている絵本です。シーソーの左側に鳥が乗って、右側にカンガルーが乗って、次に左側に象さんが乗ると左側が重くなって、というふうに、動物たちがどんどん乗っていくことによってシーソーが動くというように描かれています。あまりにたくさん乗ったのでバランスが崩れてばらばらになりますが、最後にみんなが一つにまとまります。これを作ったのは先ほどにもお話ししたエンツォ・マリという人です。

絵の基になった木製の動物パズル「16 animals」というのは日本でも6、7万円ぐらいで売っています。元々は絵本よりも木製パズルのおもちゃが先だったんですね。木製パズルのピースに、色を塗って押して、スタンプのようにしているわけです。

次の絵本、Il merlo ha perso il becco[34]は、ブルーノ・ムナーリ（Bruno Munari, 1907-1998）の「つぐみがくちばしをなくしたよ」という絵本です。ムナーリについては今回『きりのなかのサーカス』[35]についても言及しますし、石井先生の講義でも今井先生の講義でもお話があるかと思います。

ブルーノ・ムナーリは未来派の後期というのに属していました。未来派ってどんなのか御存じですか。ボッチョーニ（Umberto Boccioni 1882-1916）[36]とかバッラ（Giacomo Balla 1871-1958）[37]とかいろいろな人がいます。「美術館や図書館なんかぶっ壊せ、大学の教授なんかやっつけろ」っていう、権威があるとされているものを全部ぶっ壊して自分たちは新しいものを作る、といった美術の主張です。その当時からすると過激だと思うかもしれませんけれども、今見ると作品はそんなに過激ではないです。

Il merlo ha perso il becco は、透けて見えるフィルムシート9枚で作っているものです。ムナーリが透明なフィルムシートを使ったっていうのは、やはり一時期未来派にいたり、あるいは周辺に未来派の人たちがいたりしたからだと思います。未来派というのは、新しい素材や技術を使おうとしていました。それまでの絵本の歴史でこのような透明なフィルムシートを使ったり、『きりのなかのサーカス』で使っているトレーシングペーパーを使う人はいなかったのです。ムナーリはそういった美術の世界に身を置いたからこそ、そういう素材に目が行ったんだと思うんですね。

この Il merlo ha perso il becco は、出版は『きりのなかのサーカス』より後なんですけれど、試作本は1940年に作られていて、『きりのなかのサーカス』よりずっと前です。みなさんが絵本を研究するときに、美術の流れや美術のいろいろなものに目を配ると、見えてくるものがたくさんあると思います。つまり、絵本の歴史だとこれはこの文脈で説明されるけど、本当はもっと別の文脈だよ

30　クリス・ヴァン・オールズバーグ 作, 村上春樹 訳『ベンの見た夢』河出書房新社, 1996. (Chris Van Allsburg, Ben's dream, 1982.)
31　クリス・ヴァン・オールズバーグ 作, 村上春樹 訳『魔術師アブドゥル・ガサツィの庭園』あすなろ書房, 2005. (Chris Van Allsburg, The garden of Abdul Gasazi, 1979.)
32　ロイス・エイラト 作, 木原悦子 訳『野菜とくだもののアルファベット図鑑』あすなろ書房, 2003. (Lois Ehlert, Eating the Alphabet : fruits and vegetables from A to Z, 1989.)
33　Enzo Mari, L'ALTALENA, 1961.

34　Bruno Munari, Il merlo ha perso il becco, 1987.
35　ブルーノ・ムナーリ 作, 谷川俊太郎 訳『きりのなかのサーカス』フレーベル館, 2009. (Bruno Munari, Nella nebbia di Milano, 1968.)
36　イタリアの画家、彫刻家、理論家。
37　イタリア未来派の画家。

とか、ここで何かがあったからこの人はこうしたんだよとか、そういったことが見えてくると思います。

この Il merlo ha perso il becco はページをめくることにより、右ページから左ページにくちばしが移ったり目が移ったりします。最終的には、体の部分が左ページに全て移り、そこに右ページでは見えなかった心臓が見えます。

対位法構造

次に「対位法構造」です。これは音符に対する音符を意味する音楽用語の対位法（counterpoint）からの言葉で、同じ重みや価値をもつ二つの事物や項目を表現するものです。

以前、絵本専門士養成講座でこの話をしたら、なんで音楽までやらなくちゃいけないんですかって言われたんです。いろいろな科目があっていっぱいいっぱいのところに音楽のことを言ったりすると、絵本を勉強しに来たのに音楽まで学ばなくちゃいけないんですかって。でも、もうちょっと皆さん目を広げてほしい、アンテナを広げてほしいと私はいつも思っています。

例えば、抽象化についていえば、昨年『にぎやかなえのぐばこ　カンディンスキーのうたう色たち』[38]という良い絵本が出ましたよね。カンディンスキーは抽象画を始めた画家です。美術は具体的なものを描きますけれども、ほとんどの音楽は抽象的な音とリズムでできています。同じように美術も抽象的なものでできるんじゃないのか、色とか形とかそういったものでできるじゃないかといって抽象絵画を始めたのが主にカンディンスキーです。

同じように、対位法—同じ重みや価値をもつ二つの事物や項目を表現する方法—は、美術で多く見られます。

フィリピンのエルマー・ボルロンガン（Elmer Borlongan）が初来日したときに、一番印象的だったのが、T字路等に設置されて二面鏡になっているカーブミラーだったそうです。「一度に二つの世界を見せる」カーブミラーが非常に印象に残って、彼はカーブミラー的な作品を作ってみようとしました。カーブミラーの左側が日本で、右側がフィリピンとかですね。それで実際に交差点の電柱に取り付けたりしています。

アーティストの郭徳俊は、Time の表紙に掲載されている大統領の写真と自分の目から下を合わせて、「大統領 クリントン―郭」というタイトルの作品を製作しました。「大統領 オバマ―郭」など、歴代の大統領との作品もあります。

シリン・ネシャットは私の大好きなイランの女性アーティストです。イランでは女性と男性が生活のあらゆる場面で区別されていることから、これに対する批判的な意味合いも帯びている作品を対位法構造で表現しています。

バーサンスレン・ボロルマーというたくさんの受賞歴のあるモンゴルの画家が、私のところで研究生をしていました。彼女には対位法構造で作品を作ってもらったんですね。そうしたら、モンゴルではお月様には女の子がいるけれど、日本ではうさぎがいるということで、その絵本を可愛らしく作ってくれました[39]。最後のページにはお月様に女の子とうさぎがいます。

五味太郎の『わたしのすきなやりかた』[40]と『ぼくのすきなやりかた』[41]の2冊も、2冊でもって対位法構造を表現しています。

See the city[42]という絵本も対位法構造で、ニューヨークのマンハッタンのウェストサイドとイーストサイドを別々に見ています。そこの建物を描いているわけですが、ツインタワーがまだある時期なので、ウェストサイドにもイーストサイドにも、両方に入っています。中には、僕はいくつの窓を描いたとか、この建物は有名じゃないけど僕は好きだとか、いろいろなことが書いてあります。

38　バーブ・ローゼンストック 文, メアリー・グランプレ 絵, なかがわちひろ訳『にぎやかなえのぐばこ　カンディンスキーのうたう色たち』ほるぷ社, 2016. (Barb Rosenstock, illustrated by Mary GrandPre, *The noisy paint box : the colors and sounds of Kandinsky's abstract art*, 2014.)

39　バーサンスレン・ボロルマー 作, 津田紀子 訳『お月さまにいるのはだあれ？』文教大学出版事業部, 2010.

40　五味太郎 作『わたしのすきなやりかた』偕成社, 1998.

41　五味太郎 作『ぼくのすきなやりかた』偕成社, 1998.

42　Matteo Pericoli, *See the city : the journey of Manhattan unfurled*, 2004.

ポリフォニー構造

次に「ポリフォニー構造」です。これも音楽の多声音楽ポリフォニー（polyphony）から派生した言葉で、様々な芸術分野で、どんなに小さな存在でも、互いに声を響かせている社会や人間を表現するものです。

現代の芸術、例えば演劇、小説、テレビ、映画等は、ポリフォニーがとても多いのですが、絵本は非常に少ない、というか、ほとんどないです。

例えば、1905年アインシュタイン（Albert Einstein, 1879-1955）が相対性理論を発見して、時間や空間に対する見方が大きく変わりました。時空間の基軸は揺るぎないものから相対的なものになりました。また、フロイト（Sigmund Freud, 1856-1939）やユング（Carl Gustav Jung, 1875-1961）の心理学によって理性とは別の存在である「無意識」という概念が発見され、人間に対する見方も変わりました。顕微鏡とか内視鏡等の登場で、人間の視点はミクロにもなり、ものの見え方というのが、まったく違ったものになりました。IT革命のような科学の進歩で、これまでと全然違う空間イメージが見えてきました。人間存在とか世界の存在とか、どういうふうに考えるのかっていうのが、ものすごく複雑に、多様に、重層化し曖昧なものになってきています。そういったものをどう見るか、どう表現するかという表現方法の一つが、ポリフォニー構造です。この構造では、複数の事物が同時に現れ、解釈は見る人に任されます。

ポール・コックス（Paul Cox）の intanto[43]、「ちょうどそのときに」という本を紹介します。ポール・コックスはGoogleで検索するとマスキングテープのデザイン等が出てきますね。この絵本では、「ちょうどそのときに」王様はトイレで新聞を読んでいるし、囚人は何か悲しんでいるし、障害者の人はこうやって運動しているし、右のページでは晴れているところを飛行機が飛んでいるし、左のページでは雨のところを歩いているし、宇宙飛行士が命綱で繋がれているし、赤ちゃんはへその緒で繋がれている、というのが描かれています。

少し話がずれますが、私が『モナ・リザは妊娠中？ 出産の美術誌』[44]という本を執筆したときに、女性の権利に関して考えさせられるような出来事がたくさんあったんですね。米国で中絶を受け入れる病院が爆破されたり、中絶をする産婦人科医が殺されたり。その頃、胎児の生存を守ろうという人たちがよく使ったのが、胎児は宇宙飛行士と同じだ、という表現です。つまり、宇宙飛行士が繋がれて生きているように、胎児もそうやって、頼りないけれども生きているんだという主張です。

この絵本を描いたポール・コックスが、当時そのような主張を知っていたかは知りませんが、たまたま宇宙飛行士と胎児を、そういう主張をする人たちと同じように似たイメージで捉えたのかもしれないですね。

次に、Holdup[45]というキース・ゴダード（Keith Godard）とエメット・ウィリアムズ（Emmett Williams, 1925-2007）の作品です。エメット・ウィリアムズという人は、フルクサス（Fluxus）にいました。フルクサスというのは、ジョージ・マチューナス（George Maciunas, 1931-1978）、オノ・ヨーコなど、反芸術のいろいろな人たちがいた芸術運動グループです。そのエメット・ウィリアムズの文章と、キース・ゴダードの写真コラージュによる作品です。

この本では、読者が指を置く場所が点線で示されているんですね。そこに指を置いて読み進めると、いろいろな指が出てきて、会話をします。インタラクション・メディアと最近言ったりしますけれども、そういうふうに読者も参加して、そこで成り立つみたいな形式ですね。あなたは何を発言しますか、と考えさせる。

この指たちはどんなことを言っているかというと、この本が出版された当時は公民権運動、性差別撤廃運動、人種差別撤廃運動、エコロジー運動等、何にせよいろいろな運動が出ている時で、この指たちはそういった発言をします。一場面で一テーマにしぼって発言しているのではなくて、みんな勝手にばらばらに話してるんですね。

---

43 Paul Cox, *intanto... Il libro più corto del mondo*, 2002.
44 中川素子 著『モナ・リザは妊娠中？ 出産の美術誌』平凡社, 2007.
45 Keith Godard, Emmett Williams, *Holdup*, 1980.

例えば、「彼がなんとかね」、という指があると、こっちの方で「それが彼女であってもね」「あるいは他のどんな場合でもね」って混ぜ返す指がいたり、「黒はきれいだ」という指がいると「そういうあなたは何色なんだい」という指がいる。「黒は色でさえないぞ」という指がいたり、いろいろな会話が混ざり合っていて、当時の状況を非常によく表しているのです。

私はニューヨークでキース・ゴダードに会って、この本を出していい？って聞いたら、「版を作り直さないとだめかな」とおっしゃっていました。今思えば失敗した、絶対出すっていうことで話を付けてくれば良かったなと思います。

日本で出ている絵本でポリフォニー構造というと、『夢はワールドカップ』[46]ぐらいかもしれないですね。この絵本では、いろいろな国の子どもたちがワールドカップに出たいということで練習する様子が描かれています。ケニアの子は裸足で、ネットもつぎはぎだらけですし、土地は乾いて喉はやられるし、といったような状況が描かれています。その中で日本だけですよ、外でやっていないのは。日本に当てはめられた時間が夜なので仕方ありませんが、日本だけは子どもがベッドで寝ていて、周囲にはTシャツやポスターや、グッズがいっぱいありますよね。お金があるというイメージなんでしょうね。なんでこの作家が日本だけこう描いたのか、なんとなくおかしくなったりもします。

次の写真は、私の夫と孫です。絵本を子どもに与えるって、すごく熱心な方が多いですよね。いかに絵本を上手に読むか、すごく気を遣って練習したりもしますけれども、子どもが自分で読みますよね。この写真も、この子が、日本語はちゃんとはしてないんですけれども、話してるところですね。次の写真は絵本の白いところを見ていて絵を見ていないのでちょっとやらせ的な感じもしますけれども、でもこの子はぬいぐるみが大好きで、隣にいるぬいぐるみにいろいろ話したりしているのです。

目と手による認識とインタラクション

「目と手による認識とインタラクション」という言葉、「インタラクティブ・アート」、それから「ヴィジュアル・サイン」、「ヴィジュアル・リテラシー」、「ヴィジュアル・コミュニケーション」、こうした言葉は覚えて使われると良いと思います。

作品を鑑賞する人を何らかの方法で参加させる双方向のアート、「インタラクティブ・アート」は、メディアアートの中から出てきて、非常に盛んになった言葉です。けれども、ではそれまで「インタラクティブ・アート」はなかったのかというと、実はずっと昔からそういった美術はありました。

例えば、13、14世紀の仕掛け絵本などです。昔の仕掛け絵本というのは子どもが楽しむ絵本ではなくて、科学絵本です。天文学や解剖等、科学のための絵本が仕掛け絵本の始まりでした。ルネサンスの頃は、アナモルフォーズ、歪曲された絵を円筒から見ると形が見えるとか、それからメタモルフォーゼですね、変身、変容するような映像を楽しむというようなことをしています。江戸時代ですと、遊び絵などがありますよね。特にインタラクティブ・アートとか双方向性とかそういったことを言わなくても、そういった美術は昔からあったんです。

こうしたインタラクティブ・アートについて特に言ってきたのはメディアアートという動きなんですが、先ほどお話ししたブルーノ・ムナーリは、そのメディアアートよりももっと前に、子どもたちに手を使っていろいろやらせるようなことをしています。ですから、そういういろいろな動きを押さえておくといいですよね。

最近では出版社でも、インタラクティブで双方向的な絵本を出していますが、出版社はいつもこうしたアートの新しい動きから遅れています。ですから、もっと早い時点でアートの新しい動きに気が付いて、出版界でもそれを主張するような人が出てくるといいなと思いますね。

これは『きんぎょがにげた』[47]という本で、子ども―大人でも良いのですけれど―が答える本です。「きんぎょが にげた」「どこに にげた」「こ

---

46 ティム・ヴァイナー 作, 川平慈英 訳『夢はワールドカップ』あかね書房, 2001. (Tim Vyner, *World team*, 2002.)

47 五味太郎 作『きんぎょがにげた』福音館書店, 1982.

んどは　どこ」これに読者が答えるんですね。

次に紹介する『こんにちはあかぎつね！』[48]は、緑の狐の表紙なのに「あかぎつね」です。次のページでも青い猫に対して「こんにちは。オレンジのねこ……」と書かれています。ずっと見ていると、補色が出てくるわけですね。補色残像です。そういう目の機能から生まれた絵本です。

『エイラトさんのへんしんどうぶつえん』[49]、これは私が訳したんですけれども、ものすごく苦労して、今でも変な本が出回っているかもしれません。この頃の翻訳は、文字が印刷されたものを切って貼っていたんですね。ちゃんと直したと思っていたら、出版社のお手伝いの人が間違ったのか、初版では「六角形」と「八角形」が最後の最後で反対になってしまっていて。そんなことも、何年か前の絵本製作のときにはありました。

同じシリーズの『エイラトさんのへんしんのうじょう』[50]ですが、切り抜き絵本で、同じ絵の一部をめくっていくとどんどん次の形が出てきます。非常にうまいですよね。作者のエイラトは、中学校の美術教師をしていた人です。

これは『しろくまさんはどこ？』[51]という本です。人間の目っていうのは、自分で見えないところの形も自分で補足してイメージしながら、頭の中で像を作って理解するんです。ですから、この絵ではしろくまさんは完全に見えませんが、しろくまさんがいるということが分かりますね。

『これがほんとの大きさ！』[52]という本はコラージュなんですけれども、質感がものすごく出ています。こういう作品は、読者に訴える力が非常に強いです。これでワークショップなんかもできますね。

それから、この本を御存じの方は多いかと思いますが、『光の旅かげの旅』[53]という本です。昼間、高層ビルが立ち並ぶ間から、向こうから光が直線に漏れてきている、最後に本を逆さにして同じ絵を逆さまにすると、夜の高層ビルの屋上からサーチライトがレーザーのように放たれているというように見える作品です。本自体をひっくり返す、本を動かすっていうことは、読者がしないとできないわけですね。読者が自分の手を使って動かすことによって成り立つ本です。この『まさかさかさま』[54]という本もそうです。

サラ・ファネリ（Sara Fanelli）の『ボタン』[55]、この本は文章が絵の周りの枠の部分に書いてあるので、ボタンがくるくるくるくる回っていくように、絵本自体をくるくる回さないと読めません。本の内容と、本をどう扱うかっていうのが一緒になっている作品です。

これは『こころの家』[56]という絵本の一場面です。おばあちゃんが腕を伸ばして赤ちゃんを抱いているだけだと思うかもしれませんが、本を開いたり閉じたりすると、赤ちゃんがおばあちゃんの顔の前に近づいたり遠ざかったりします。本の扱い方によって、ものを理解するということが有り得る。これは地味ですけれども、非常に静謐な感じがしますね。最後のページには箔が貼られていまして、自分の顔が映るような、そんな本です。

『ヒトのからだ』[57]は仕掛け、飛び出す絵本ですけれども、昔の本にはなかったような仕掛けで、折り返すと飛び出すようにしてあったりして、解剖された人間の身体の内部を理解できるようになっています。

これはブルーノ・ムナーリの I prelibri [58]です。libro が単数の本ですね。libri が複数で、pre が前。だから、「本を読む前の本」ということで、小さな子どもたちがめくって楽しむ本です。段ボール、木材、フェルト、ビニール等、いろいろな素材が使われています。先ほど、ブルーノ・ムナーリが

48　エリック・カール 作, 佐野洋子 訳『こんにちはあかぎつね!』偕成社, 1999. (Eric Carle, *Hello, red fox*, 1998.)

49　ロイス・エイラト 作, 中川素子 訳『エイラトさんのへんしんどうぶつえん』偕成社, 1997. (Lois Ehlert, *Color zoo*, 1989.)

50　ロイス・エイラト 作, 中川素子 訳『エイラトさんのへんしんのうじょう』偕成社, 1998. (Lois Ehlert, *Color farm*, 1990.)

51　ジャン・アレッサンドリーニ 文, ソフィー・クニフケ 絵, 野坂悦子 訳『しろくまさんはどこ？』ほるぷ出版, 2006. (Jean Alessandrini, illustrated by Sophie Kniffke, *Qui a vu l'ours?*, 2002.)

52　スティーヴ・ジェンキンズ 作, 佐藤見果夢 訳『これがほんとの大きさ！』評論社, 2008. (Steve Jenkins, *Actual size*, 2004.)

53　アン・ジョナス 作, 内海まお 訳『光の旅かげの旅』評論社, 1984. (Ann Jonas, *Round trip*, 1983.)

54　伊藤文人 さかさ絵・文『まさかさかさま』新風舎, 2000, サンマーク出版, 2008.

55　サラ・ファネリ 作, 穂村弘 訳『ボタン』フレーベル館, 1997. (Sara Fanelli, *Button*, 1994.)

56　キム・ヒギョン 文, イヴォナ・フミエレフスカ 絵, 神谷丹路 訳『こころの家』岩波書店, 2012. (김희경, illustrated by Iwona Chmielewska, 마음의 집, 2010.)

57　ジョナサン・ミラー, デビッド・ペラム 著, 大利昌久 訳『ヒトのからだ』ほるぷ出版, 1994. (Jonathan Miller, David Pelham, *THE HUMAN BODY*, 1983.

58　Bruno Munari, *I prelibri*, 1980.

未来派で、素材に対する目が開かれたって言いましたけれども、こういうところでもいろいろな素材を使っています。

次に、青幻舎360°BOOKの『地球と月』[59]を紹介します。私は360°BOOKっていうその言葉、コンセプトがとても好きです。まだ3冊ぐらいしか出ていません。本というものは閉じると小さくなりますけれども360°BOOKということで、大きく広げてみるという発想ですね。大きく360°広げると立体の作品になります。

『モーションシルエット』[60]という絵本、ぜひ懐中電灯を当ててみてほしいと思います。お子さんがいらっしゃる方は、小さいときに天井に影を映して遊びませんでしたか。布団に寝かせるけれども、でもちょっと遊ぶということで、手で影絵遊びをやりませんでしたか。この絵本は、光を当てることで、汽車が線路の上を走っているように見えたり、部屋の中にお化けの影が映ったりします。

これは『折ってひらいて』[61]という、駒形克己の作品です。フランス文部省の助成を受けて作っていまして、目の見えない人も一緒に見るということで、製作時にいろいろな実験をしているんですね。目の見えない人のところに持っていって見てもらったら、紙がきれい、つまり手触りですね、手触りがきれいだと言ったそうです。折り曲げたところにもとがった感じがない、と。それで、この「ソフライト」という紙を使用することに決めたそうです。

同じく駒形克己の『ぼく、うまれるよ！』[62]という本は、初版は橙色でつるつるした表紙の本だったんですけれども、それが触ると冷たいということで、途中から「タント」という白っぽい暖かい感触の紙に変えています。

『ブック・アートの世界』[63]の装丁をしてくれた菊地信義の『みんなの「生きる」をデザインしよう』[64]という本の書評を書いたことがあるのですが、その本をいただいたとき、菊池さんは装丁家なのになんて地味な装丁にしたんだろうって思ったんですね。装丁家自身の本だから、もっとめいっぱい装丁するのかなと思ったら本当に何でもない本でした。ところがその本に触ったときびっくりしました。すごく暖かいんですよ。試しに周りの他の本を触ったらみんな冷たい。だから菊池さんがその紙を選んだんだなと思いました。紙の力っていうのは大きいですよね。

今、「野生展」[65]という展覧会が六本木で開催されていて、田島征三が出展しています。田島さんは、拾った木の実で作品を作っているんです。こうした試みは、ワークショップにも繋がりやすいですよね。特に子どもたちは、描くよりも、何か拾って貼り付けるのが好きです。小学校でモダンテクニックという―ドリッピングやスタンピング等―あまり頭は使わずに、でも手を使って楽しく作品を作るというようなものをやっていますが、そういった類のことをワークショップでやると夢中になりますよね。

これは、『ドングリトプスとマックロサウルス』[66]といって、実は私の息子の中川淳が描いたものです。フロッタージュ（擦り出し）[67]を用いた作品です。森に行って擦り出しをすると、穴があってそこから怪獣が出てきたりして、みんなで遊んだりするという内容です。こうした内容のワークショップを宇都宮美術館で開催したのですが、5時間ぐらいを設定しているんですね。私はいくらなんでも長いのではと言ったのですが、実際には途中のお昼休みも入れて4時間半ぐらいかかりました。子どもたちはみんな走り回って擦り出しをして、全然飽きなくて。そういう作業はただ何かを描くのと違って、子どもたちはぱっと飛び付きますね。

それから、子どもたちの発言をまず聞く、取り出すということがあります。これは『ねえ、どれ

---

59 大野友資 作『地球と月（360° book）』青幻舎, 2016.
60 かじわらめぐみ, にいじまたつひこ 作『モーションシルエット = MOTION SILHOUETTE かげからうまれる物語』グラフィック社, 2015.
61 駒形克己 作『折ってひらいて』One Stroke, 2003.
62 駒形克己 作『ぼく、うまれるよ！』One Stroke, 1995.
63 前掲注(11)
64 菊地信義 著『みんなの「生きる」をデザインしよう』白水社, 2007.

65 「野生展：飼いならされない感覚と思考」(2017年10月20日-2018年2月4日, 東京ミッドタウン 21_21DESIGN SIGHT ギャラリー1,2)
66 中川淳 作『ドングリトプスとマックロサウルス コラージュとフロッタージュのおはなし』水声社, 2012.
67 フロッタージュ（擦り出し）とは、表面の凸凹した木や石などの上に薄めの紙を載せて、その紙を鉛筆や色鉛筆、クレヨンなどで擦ることで、木や石などの凹凸を擦り取る絵画技法。

がいい？』[68]という本ですが、「おとうさんが学校でおどっちゃうのと」「おかあさんがきっ茶店でどなるのと、どっちがいや？」といったようなことが問われています。どっちが嫌かという質問は、答えるのが大変なんですよね。どっちもマイナスのことを並べてあるので。でも子どもは、自分で考えながら答えるわけです。

次に、『きたないよ！』[69]です。「ジャムのビンにおててをつっこむのは……」「きたないよ！」「おふろのおゆをごっくん……」「きたないよ！」「トイレのみずであんよをぴちゃぴちゃ……」「きたないよ！」と繰り返されていきます。この「きたないよ！」という文字のサイズがだんだん大きくなっていくのに合わせて、読む声も大きくすると良いですね。子どもたちに言わせてあげると喜ぶと思いますよ。

五味太郎の『らくがき絵本』[70]、この本は子どもたちが自分で絵を描くんですね。私はこれを、二つの小学校で描かれたのを展示したことがありましたが、そうしたらまったく違いました。一つの学校はものすごく面白かった。もう一つは…。教え方の問題のせいかもしれませんが、とてものびのびしたのと、ちょっと型にはまったような感じのと。こういう絵本は完成されたものではなくて、読者が何か加わる、子どもたちが何か仕掛けるとか作る、そういったことは大切だと思います。

私は、いつも「読み聞かせ」という言葉が気になるんです。読み聞かせをする人は皆、とても熱心で丁寧なんですよね。それで心を込めて、丁寧にうまくうまくやるんですけれど。もっと下手でもいいから子どもたちが主体となるような「読み聞かせ」をやるといいと思うんですよね。

ワークショップの本には、ワークショップのファシリテーターというのは絶対自分を前面に出さないと書かれています。それは禁止事項で、まず参加者の中から出てくるものというのを非常に大切にします。読み聞かせをする人たちも、自分の読み聞かせの技術を競うんじゃなくて、子どもたちがその場で何を得るか、ということをまず考えてほしいなと思っています。

次の写真もワークショップの光景で、瀬戸内国際芸術祭でも作品を発表している齋藤正人[71]によるものです。『おまえうまそうだな』[72]という恐竜の絵本のワークショップで、子どもがビニールに絵の具を掛けたりした恐竜の絵を切って作って、木に吊るしているんですね。次の写真では、齋藤正人の製作した粘土の作品の中で子どもがいろいろ遊んでいます。

私は、絵本というのは時代を表現するものでもあり、時代を読み取るのは読者だと思っています。これは *Dudu*[73] というフランスの絵本です。絵の下に文字がありますけれども、文字以上に絵がいろいろなものを表現しています。現代の人々の様子、危険な状態や不安感が表現されていて、とても面白いです。三人姉妹のうちの一人が迷子になって、その子を探すんですが、みんな赤い洋服を着ているので、赤いものが目に入ると、それを探すというようなストーリーです。駅のホームでは酔っぱらって寝ている人もいるし、お店でカートを押している女の人の感じも、いかにもいそうです。

次に、これは『おばあちゃん』[74]という、三輪滋が絵を描いて谷川俊太郎が文を書いた絵本なんですけれども、この絵本が出た当時、司書の方々はこの本を含む「シリーズ・ちいさなつぶやき」を強く否定しました。東京子ども図書館が刊行している『こどもとしょかん』に批評が出ていまして、東京子ども図書館の方は多分ものすごく子どもに対して一生懸命なのだと思うのですが、一生懸命なゆえにこの絵本を否定して、その否定感が国内の司書の方たちに伝わったのか、図書館員による合評会では「圧倒的な「否」」という答えが出されたと述べられています[75]。

理由は、まず「絵から受ける不快感」、歪んだ空

68　ジョン・バーニンガム 作, 松川真弓 訳『ねえ、どれがいい?』評論社, 1983. (John Burningham, *Would you rather...*, 1978.)
69　フランチェスコ・ピトー 文, ベルナデット・ジェルベ 絵, 栗栖カイ 訳『きたないよ!』ブロンズ新社, 2002. (Francisco Pittau, *C'est dégoûtant!*, 2001.)
70　五味太郎 作『らくがき絵本』ブロンズ新社, 1990.
71　岐阜聖徳学園大学専任講師。
72　宮西達也 作『おまえうまそうだな』ポプラ社, 2003.
73　Betty Bone, *Dudu*, 2005.
74　谷川俊太郎 文, 三輪滋 絵『おばあちゃん (シリーズ・ちいさなつぶやき)』ばるん舎, 1982.
75　「書評「シリーズ・ちいさなつぶやき」」『こどもとしょかん』14号, 1982 冬, 東京子ども図書館, pp.14-15.

間であるとか、これはおばあちゃんのオムツを替えているシーンですが、「人物や身体の極端なアンバランス」が指摘されています。認知症のおばあちゃんが、食事をとったのにまだとってないと言うと、お母さんが怒って、それをお父さんが怒るんですが、その場面ではお父さんの腕がありえない曲がり方をしていて、そうした絵が「ことさらに不安感をかきたてる」と批判されています。

批判の中には、「イマ風のイラスト」という言葉があります。その言葉一つで、全部を否定するような感覚ですよね。子どもたちは本当に小さく描かれていますけれども、両親の喧嘩にものすごく心を痛めているリアルな感じがよく出ている。それなのに、強く否定されてしまう。例えば現代美術の歴史から見れば、空間が歪むのは当たり前のことです。セザンヌ（Paul Cézanne, 1839-1906）なんかは完璧に空間を歪めていますし、人間の形が歪むというのもいろいろな人がやっています。それなのに、絵本となるとそれが否定されてしまうというのは、私は恐ろしいなと思っています。

この書評ではいろいろなことが批判されていますが、子どもというのはもっと繊細にものを見ています。作者の三輪滋は、他の作品を通してみても、「イマ風のイラストで出せばいいんだ」というような気持ちでは絶対に描いていないということは読み取れるのですが、評者がそこまで読み解けなかったのかなと思います。ただ絵の雰囲気で不安感を押し付けるというふうにしか捉えられてないということに対して、私は、美術の歴史の中で発明・発見されている多様な表現の仕方が絵本に使われているということを、ちゃんと認めたいと思います。私が、「絵本は絵の本です」と、絵にこだわりたいと思っているのは、そういう意味です。

『アウスラさんのみつあみ道』[76]は、私が文を書いて、スタシス・エイドリゲーヴィチュス（Stasys Eidrigevicius）が絵を描いてくれた本です。この本について、現代芸術家の森村泰昌が書評を書いてくれたものをレジュメに載せています（p.35）。ここにも書かれているとおり、この本では文章通りの絵が描かれている訳ではないんです。私は「絵本は絵が大切」と言いつつ、やはり苦労はしました。スタシスさんから絵が出てきたときに、私は文を変えるのは構わないと思って、文の方を変えました。森村さんは、文章とは違っても表現するものが非常に大きいということで認めてくれたので、良かったと思いました。絵が非常に強いですよね。スタシスさんは彫刻もパフォーマンス系も、いろいろな作品を発表しています。

先ほどから何度も登場しているブルーノ・ムナーリの『きりのなかのサーカス』[77]は、一枚一枚のページがトレーシングペーパーになっていて、霧の奥へ奥へと進んでいくような感じです。普通、絵本っていうのは横へ横へと空間が変わっていくものが多いですけれども、これは奥へ奥へと続くような感じがします。実は私は、この絵本を音楽にするワークショップをやってみました[78]。文教大学大学院で、一人の学生に図形楽譜を書いてもらって、吹奏楽部の学生たちに協力してもらいました。大学院生が絵本を片手に説明して、短い間話し合って即興演奏をして、全部で3時間もかかっていません。ここで学生たちが何度も言っている「オプラ」という言葉は、谷川俊太郎の新訳に出てくるもので、とても気に入ったようで何度も言っていました。ピアノを弾いていた子は普段から即興演奏をしているので、自由に弾いてくれました。

このように、絵本というものを題材にして様々な活動ができますよね。私は、その活動をすることによって、絵本そのものをより理解できるというふうに思っています。絵本を言葉だけ、あるいは絵だけの解釈ではなくて、読者がいろいろなことをすることでより分かる、ということがあります。

例えば「青い地球」という言葉から皆さんは何を考えますか。青い地球というのは全体の表象としては自然を守るとか、宇宙空間全体の平和とか、いろいろな意味合いがありますよね。作家が見せること、どういう表現をしたらどういうことを表

---

76 中川素子 文, スタシス・エイドリゲーヴィチュス 絵『アウスラさんのみつあみ道』石風社, 2015.

77 前掲注(35)

78 以下のページから視聴可能。「シリーズ 絵本学講座 4 絵本ワークショップ」朝倉書店. <http://www.asakura.co.jp/books/isbn/978-4-254-68504-6/>

現できるかということには、いろいろな意味があるんですけれども。それで皆さんに私が書いた、新宮晋の『小さな池』[79]についての書評[80]を資料の一部としてお配りしました。それをお渡ししたのは、作家がどういう意図でもって作品を作っているか、ということをお見せしたかったからです。新宮晋は、雲の間に見える小さな池と空と結ぶ垂直線に沿って視線を上下させています。多くの絵本論では視点の取り方が物語をいかに解釈表現するかを論じますが、新宮晋の視点はそういったモンタージュ論的発想とは違います。「神様は人間や木を作ったが、僕は何を作ったらよいか。作ることにおいて僕のライバルは神様だ」[81]と語るように、この絵本は地球環境に対する新宮晋の決意と言えます。

今回のこの講座で、「絵本はアート」ということで話してくださいと石井先生から言われまして、私は大変喜んでおります。マスコミで「絵本はアート」として取り上げられたことはあっても、実際には絵本研究の場では、そういう見方は少なく、広がっていませんでした。皆さんもこれから絵本を見るときに絵本をアートとして見る目を少しでも持っていただけたらいいかなと思います。

もちろん私も、子どもを通じた絵本との関わりを持っています。子どもが小さい頃は、絵本を毎晩必ず読み聞かせしました。読み聞かせしたのは、上の子は中学二年生までで、絵本だけではなくてナルニア国シリーズなども読みましたし、子どもが病気のときは同じ本を50回読まされました。私はこの本面白くないなあと思ったりもしていましたけれども、子どもは「もっと、もっと」と言うので、同じ本を読んでいました。ですから、子どもと絵本の関わりはもちろん持っていますし、みなさんにもどんどん絵本を子どもたちに読んであげてほしいと思います。

一方で、絵本を「絵の力」という視点でも見ていただいて、子どもたち、大人たちにもその視点を広げていっていただければなあと思います。

いろいろな展覧会を見に行っていただけるといいかなと思います。板橋区立美術館で「世界を変える美しい本 インド・タラブックスの挑戦」[82]という展示を開催します。板橋区立美術館はいろいろな面白い絵本の展覧会を開いています。タラブックスというのは、シルクスクリーンで印刷した絵本も取り扱っているインドの出版社で、この展覧会でも、絵本が展示されています。

いろいろな機会があるかと思いますので、ぜひ皆さんいろいろなアートを楽しんで、味わっていただければと思います。

(なかがわ　もとこ)

---

[79] 新宮晋『小さな池』福音館書店, 1999.
[80] 中川素子「新宮晋氏の『小さな池』絵本に込めた壮大な地球」『朝日新聞』1999.4.14.
[81] 中川素子氏と新宮晋氏の対談「こころの時代 宗教・人生―われら宇宙の旅人―」(NHK教育, 1998.12.13放送)による。
[82] 「世界を変える美しい本 インド・タラブックスの挑戦」(2017年11月25日〜2018年1月8日, 板橋区立美術館)

絵本はアート

「絵本はアート」紹介資料リスト

（本館） → 国立国会図書館東京本館で所蔵
（デジタル化） → 「国立国会図書館デジタルコレクション」（館内・図書館送信対象館内限定公開）
注：デジタル化図書については、原則として原本はご利用いただけません。

No.	書名	著者名	出版事項	請求記号
1	絵本はアート　ひらかれた絵本論をめざして	中川素子 著	教育出版センター, 1991	KC511-E56
2	本の美術誌　聖書からマルチメディアまで	中川素子 著	工作舎, 1995	K231-E33（本館）
3	別冊太陽 1999.Win 特集 目と手で楽しむ絵本集 絵本と遊ぼう	（中川素子 編）	平凡社	Z23-238
4	別冊太陽 2003.12 特集 おとなが子どもに出会う絵本	（谷川俊太郎, 中川素子 編）	平凡社	Z23-238
5	絵本の視覚表現　そのひろがりとはたらき	中川素子, 今井良朗, 笹本純 著	日本エディタースクール出版部, 2001	KC511-G99
6	絵本は小さな美術館　形と色を楽しむ絵本 47	中川素子 著	平凡社, 2003	UG71-H23
7	モナ・リザは妊娠中？　出産の美術史	中川素子 著	平凡社, 2007	K231-H18（本館）
8	女と絵本と男	中川素子 編	翰林書房, 2009.	KC511-J48
9	絵本をひらく　現代絵本の研究	谷本誠剛, 灰島かり 編	人文書院, 2006	UG71-H91
10	絵本で読みとく宮沢賢治	中川素子, 大島丈志 編	水声社, 2013	KG665-L73
11	絵本の事典	中川素子, 吉田新一, 石井光恵, 佐藤博一 編	朝倉書店, 2011	KC2-J20
12	絵本学講座.1　絵本の表現	中川素子 編	朝倉書店, 2014	KC511-L48
13	絵本学講座.4　絵本ワークショップ	中川素子 編	朝倉書店, 2014	KC511-L44
14	シリーズ　絵本をめぐる活動① 絵本ビブリオ LOVE	中川素子 編	朝倉書店, 2015	UG71-L94
15	ブック・アートの世界　絵本からインスタレーションまで	中川素子, 坂本満 編	水声社, 2006	K74-H68
16	スクール・アート　現代美術が開示する学校・教育・社会	中川素子 著	水声社, 2012	K231-J38（本館）
17	あわてんぼうウサギ　ジャータカものがたり	中川素子 再話 バーサンスレン・ボロルマー 絵	小学館, 2017	Y5-N17-L277
18	Romeo and Juliet 線をよむ本	福田繁雄	個人発行, 1965	所蔵なし

19	Window	Jeannie Baker	Greenwillow Books, c1991	Y17-A1720
20	おじいちゃんのおじいちゃんのおじいちゃんのおじいちゃん	長谷川義史 作	BL出版, 2000	Y17-N01-462
21	PEKA	Yelena Safonova	1930	所蔵なし
22	そらの100かいだてのいえ	いわいとしお [作]	偕成社, 2017	Y17-N17-L727
23	ズーム	イシュトバン・バンニャイ 著	翔泳社, 1995	KC511-E107
24	ズーム	イシュトバン・バンニャイ 著	ブッキング, 2005	所蔵なし
25	木のうた	イエラ・マリ さく	ほるぷ出版, 1977	Y18-M98-328
26	Mangia che ti mangio	Iela Mari	Babalibri, c2010	Y17-B14592
27	にわとりとたまご	イエラ・マリ, エンゾ・マリ さく	ほるぷ出版, 1995	Y18-N15-L42
28	WITHIN (TIME)	Peter Downsbrough	imschoot, 1999	所蔵なし
29	The alphabet theatre proudly presents the Z was zapped	written and directed by Chris Van Allsburg	Houghton Mifflin, c1987	Y17-A1642
30	野菜とくだもののアルファベット図鑑	ロイス・エイラト 絵・文 木原悦子 訳	あすなろ書房, 2003	Y8-N03-H1049
31	L'ALTALENA	Enzo Mari	Danese, 1961	所蔵なし
32	Il merlo ha perso il becco	Bruno Munari	Danese, 1987	YU81-A28
33	お月さまにいるのはだあれ?	バーサンスレン・ボロルマー 絵・文 津田紀子 訳	文教大学出版事業部, 2010	Y18-N10-J213
34	なみにきをつけて、シャーリー	ジョン・バーニンガム さく へんみまさなお やく	ほるぷ出版, 2004	Y18-N04-H343
35	わたしのすきなやりかた	五味太郎 作	偕成社, 1998	Y17-M99-239
36	ぼくのすきなやりかた	五味太郎 作	偕成社, 1998	Y17-M99-238
37	see the city: the journey of Manhattan unfurled	Matteo Pericoli	Knopf, 2004	所蔵なし
38	intanto	Paul Cox	Corraini, 2002	所蔵なし
39	Holdup	Keith Godard, Emmett Williams	works, 1980	所蔵なし

40	夢はワールドカップ	ティム・ヴァイナー 作 川平慈英 訳	あかね書房, 2001	Y18-N01-542
41	きんぎょがにげた	五味太郎 作	福音館書店, 1982	Y17-8911
42	こんにちはあかぎつね!	エリック・カール さく さのようこ やく	偕成社, 1999	Y18-M99-533
43	エイラトさんのへんしんのうじょう	ロイス・エイラト さく なかがわもとこ やく	偕成社, 1998	Y18-M99-44
44	エイラトさんのへんしんどうぶつえん	ロイス・エイラト さく なかがわもとこ やく	偕成社, 1997	Y18-M98-201
45	しろくまさんはどこ?	ジャン・アレッサンドリーニ 文 ソフィー・クニフケ 絵 野坂悦子 訳	ほるぷ出版, 2006	Y18-N06-H283
46	これがほんとの大きさ!	スティーブ・ジェンキンズ 作 佐藤見果夢 訳	評論社, 2008	Y11-N08-J150
47	Dudu	Betty Bone	Éditions Thierry Magnier, [2005]	Y17-B6336
48	おばあちゃん	谷川俊太郎 文 三輪滋 絵	ばるん舎, 1982	Y17-9384
49	アウスラさんのみつあみ道	なかがわもとこ 文 スタシス・エイドリゲーヴィチュス 絵	石風社, 2015	Y17-N15-L682
50	光の旅かげの旅	アン・ジョナス 作 内海まお 訳	評論社, 1984	Y18-946
51	まさかさかさま	伊藤文人 絵・文	サンマーク出版, 2008	Y17-N09-J37
52	まさかさかさま	伊藤文人 さかさ絵・文	新風舎, 2000	Y17-N00-1023
53	ボタン	サラ・ファネリ さく ほむらひろし やく	フレーベル館, 1997	Y18-M98-80
54	こころの家	キム・ヒギョン 文 イヴォナ・フミエレフスカ 絵 かみやにじ 訳	岩波書店, 2012	Y18-N13-L141
55	ヒトのからだ	ジョナサン・ミラー, デビッド・ペラム [著] 大利昌久 訳	ほるぷ出版, 1994	SC61-G1 (本館)
56	にこにこかぼちゃ	安野光雅 作	童話屋, 1988	Y18-3211
57	このゆびなあに	五味太郎 [著]	偕成社, 1992	Y18-7397
58	I prelibri	Bruno Munari	Edizioni par Bambini DANESE, 1980	Y17-B7289
59	地球と月	大野友資 著	青幻舎, 2016	Y99-L145 (本館)
60	モーションシルエット	かじわらめぐみ, にいじまたつひこ 著	グラフィック社, 2015	Y17-N16-L203

61	折ってひらいて	駒形克己	ワンストローク, 2003	所蔵なし
62	ガオ	田島征三 作	福音館書店, 2005	Y17-N05-H195
63	ドングリトプスとマックロサウルス	中川淳 さく	水声社, 2012	Y17-N12-J575
64	ねえ、どれがいい？	ジョン・バーニンガム さく まつかわまゆみ やく	評論社, 1983	Y18-N06-H415
65	きたないよ！	フランチェスコ・ピトー ぶん ベルナデット・ジェルベ え 栗栖カイ やく	ブロンズ新社, 2002	Y18-N02-284
66	らくがき絵本	五味太郎 著	ブロンズ新社, 1990	Y95-89W85705
67	きりのなかのサーカス	ブルーノ・ムナーリ 作 谷川俊太郎 訳	フレーベル館, 2009	Y18-N09-J322

[レジュメ]

絵本とグラフィック・デザイン
—デザイナーの絵本を中心に—

今井　良朗

　絵本の分野ではデザインが造形面だけで見られることが多い。しかし、絵本は印刷され量産される本であり、素材、組み立て方などデザインは欠かせない手法です。人と本との直接的な対話の形をつくり出す、そのような工夫、演出がまさにデザイン的な視点です。1960年代のデザイナーによる絵本を中心に見ていきます。

1　デザインの概念を共有
　デザインは造形的な美しさが評価や好みの対象になることが多い。しかし、デザインの考え方はどのような生活品の中にも含まれています。絵本も同様であり、グラフィック・デザインについても、時代とともに変化し、今日ではコミュニケーションやデザインによって生じる〈こと〉に注目します。人ともの、人と情報、人と環境との対話をつくり出すための構想がデザイン行為であり、その結果形づくられた〈もの〉や〈こと〉がデザインです。
　　・デザインは問題を解決するための手法
　　・媒介作用、対話性

2　グラフィック・デザインと絵本
　1930年代以降の絵本は、デザインの影響が感じられるものが多い。イタリアの未来派、ドイツのバウハウス、オランダのデ・ステイルなどのデザイン運動、そしてアール・デコ様式のデザインとの関連などです。モダン・デザインについて考察し、方向や手法を特徴づけたのは20世紀に入ってからで、アメリカを中心に、都市部の発展とともに生活や文化の面で新しい様式が生まれました。
　　・新しい表現思潮、ヴィジュアル・マガジンの隆盛とイラストレーション
　　　　Millions of Cats, Wanda Gág　1928
　　　　『100まんびきのねこ』ワンダ・ガアグ
　　・新しいタイプの編集者、デザイナー、アートディレクター、出版者の登場
　　・マーガレット・ワイズ・ブラウンとイラストレーター
　　　　The Country Noisy Book, illus. Leonard Weisgard　1940
　　　　『なつのいなかのおとのほん』絵：レナード・ワイスガード
　　　　Goodnight Moon, illus. Clement Hurd　1947
　　　　『おやすみなさい おつきさま』絵：クレメント・ハード
　　　　A Child's Good Night Book, illus. Jean Charlot　1943
　　　　『おやすみなさいのほん』絵：ジャン・シャロー
　　　　Two Little Trains, illus. Jean Charlot　1949
　　　　『せんろはつづくよ』絵：ジャン・シャロー

3　絵本を視覚言語、コミュニケーション・デザインから考える

　言語は書き言葉や話し言葉だけではない。コミュニケーション行為を媒介するもの。

　1950年代は、グラフィックからヴィジュアル・コミュニケーション・デザインに思考の傾向が変化していった時期です。ギオルギー・ケペッシュの『視覚言語』（*Language of Vision* 1944）がデザイン教育の現場に定着し、視覚理論、時空間理論を前提に視覚表現全般を新しい方法論で展開しようとしていました。

　ヴィジュアル・マガジンや広告などの分野で活躍していたデザイナーが絵本に着目し、視覚によるコミュニケーションの可能性を絵本に見出そうと試みました。

- コミュニケーションのための視覚言語
    - *Five Little Monkeys*, Juliet Kepes　1952
    - *Frogs Merry*, Juliet Kepes　1961
    - 『ゆかいなかえる』ジュリエット・ケペッシュ
    - *The Snow and the Sun*, Antonio Frasconi　1961

- 子どもと共有できる言語
    - *Little Blue and Little Yellow,* Leo Lionni　1959
    - 『あおくんときいろちゃん』レオ・レオーニ
    - *Il palloncino rosso,* Iela Mari　1967
    - 『あかいふうせん』イエラ・マリ
    - *L' Albero,* Iela Mari　1972
    - 『木のうた』イエラ・マリ

- 形や色を楽しむ、想像をふくらませる
    - *HENRI'S WALK TO PARIS*, Saul Bass　1962
    - 『アンリくん、パリへいく』ソール・バス
    - *Still Another Alphabet Book*, Seymour Chwast and Martin Stephen Moskof　[1969]

- 知覚に働きかける言語
    - *The Alphabet Tree*, Leo Lionni　1968
    - *Listen! Listen!*　illus. Paul Rand　1970
    - 『きこえる！きこえる！』アン・ランド、ポール・ランド
    - *Nella Nebbia di Milano,* Bruno Munari　1968
    - 『きりのなかのサーカス』ブルーノ・ムナーリ

絵本とグラフィック・デザイン
―デザイナーの絵本を中心に―
今井　良朗

　おはようございます。今日は絵本とグラフィック・デザインということでお話しします。

　まずはレジュメの中にも簡単に書いてありますが、デザインの概念を共有するところから始めます。絵本に関連していろいろ話をする機会があるのですが、デザインという言葉が共通言語になっていないと思うことが多々あります。どういうことかというと、デザインという概念について、こちらが語っていることと皆さんが思っていることが同じではない。話し終わったところでそう感じることがとても多いのです。どうもここのところが伝わっていなかったのではないか、ということもありまして、あえて今日は、デザインという概念を共有するところから始めます。いくら絵本とグラフィック・デザインということをお話ししても、デザインが形だけの問題だと思われたまま、綺麗だとか、かっこいいといった認識のままでは伝わらないのです。

　少し私自身のこれまでの研究の仕方の話をしたいと思います。私はデザインが専門です。デザインに関していろいろ考えていくのが本来の専門なのに、なぜ絵本を取り上げることになったのかというと、デザインの中にはブック・デザインとかエディトリアル・デザインといわれる領域があります。絵本を作ることそのものがエディトリアル・デザインなわけです。学生たちに教えるに当たって、絵本を通してエディトリアル・デザインを教えていくというのがとても有効だと感じたのです。30年以上ずっと、デザインを教えるために絵本を使ってきたのですが、それが元々のきっかけです。今日はデザインからではないですが、逆に絵本というきっかけからデザインについて見ていきながら、絵本の中にはこういう要素、考え方もあるのだということをお話しできればと考えています。

　実はスライドはどうしても欲張る癖があり、作っているうちにどんどん増えていって、3日ぐらいかかるかもしれない分量があります。ですが、今日は1日のなかでできる限り、多くのことを伝えたいと思っています。

　これは、『絵本とイラストレーション』[1]という3年ほど前に出した本で、表現という観点からいくつかの本を紹介しています。この中にも今日紹介する絵本がいくつか入っており、同じような話をここでもう一回するのはもったいないと考えておりますので、できればここでは書かなかったこと、書ききれなかったことを中心に話を進めていきたいと考えています。

1　デザインの概念を共有

　まずは、デザインの概念を共有するというところから入っていきます。

　デザインは、デザインされた〈もの〉として捉える方が一般的なのだろうと思います。ですからどうしても形体、まさに車や照明器具もそうですし、グラフィック・デザインでも、造形的な美しさ、色彩、そういうものを見ながら、綺麗だとか、かっこいいと見ていくのが一般的かと思います。

　けれども、デザインすることというのをもう少し考えていくと、「人ともの、人と情報、人と環境との対話を作り出していくこと」なんですね。

　皆さんにとって、デザインというのは結果として見ているものがほとんどです。ですから、デザイナーがどのような思考の中から生み出している

1　今井良朗 編著, 藤本朝巳, 本庄美千代 著『絵本とイラストレーション』武蔵野美術大学出版局, 2014.

のかを考えることは、あまりないのかもしれません。

でも、デザインは、簡単に整理すれば「人ともの、人と情報、人と環境との対話を作り出していくこと」をどのように考えていくかということです。その結果形づくられた〈もの〉ということになるわけですが、もう一つそこに〈こと〉というのが入ってきます。

例えば分かりやすいものでいえば、日常で使っているような電気製品もそうです。それらは決して〈もの〉としてだけで使っているわけではないのです。それらを使うことによって生じる様々な〈こと〉があるわけです。その生じる様々な〈こと〉、アイロンにしても、なんかこのアイロン扱いにくいとか。この電子レンジのスイッチとても使いにくいとか。そういうことって日常的にいくらでもあるわけです。

そういったものを形や美しさだけで見ていくと、しっくりこないものが現実にあるわけです。例えばICレコーダー、おしゃれで薄く小さい方がいい。しかしとても使いにくいものもあります。ボタンが見えにくく、どこを押したらいいか分からない、間違える。

しかし、今は人の行為にまでデザインが入ってきています。ですからデザインの最も大事なことは、この〈こと〉なんですね。そこで何が生じるかです。

かっこいい、かわいい、使いやすい、なじむ、心地いい、その感情はどこから来るのか、その〈こと〉を丁寧に考えていくこともデザインです。それがどのように受容されているかというところで、本来考えられていくものです。そう考えると、使っている人、あるいは見ている人を含めて全感覚、全身体で受容しているわけです。

さらに、デザインは問題を解決するための手法です。一言で言えばそういうことですが、要は、どう扱われるのか、何を伝えたいのか、どうすれば伝えやすいのか、どうすればそこに対話が生まれるのかということです。

これは絵本を想定しても同じです。実際制作の側から見ると、同じように考えるところがあります。デザインの中にある、「問題を解決するための手法」です。

そのように考えていけば、デザインは思考プロセスの産物という見方もできるわけです。デザインは、最終的に綺麗な形を生み出すためにあるのではなく、問題をどのように解決するのか、何をどのように伝えたいのか、扱われ方を含めて、思考したことを形にしていくことになります。

今日は、平面的なもの、グラフィックに関するものが中心になりますが、デザイン全般にいえることもここには含まれています。テキスト、形、色、イラストレーション、写真などはグラフィックに寄せた部分ですが、諸要素をどのように統合あるいは包括していくかというのがデザインの中で重要なプロセスといえるかと思います。

もう一つ、「どんなものも生活のために生まれたものである」ということが、僕の中ではあらゆることの基本になっています。人々にとって身近なものであるというのが大前提なのです。

時々、アートなんか分からなくていいという人もいます。それはそれでそういう捉え方もあるのですが、しかしもっと掘り下げていったときに、どんなアートも生活とかい離したものなどあり得ないということです。もちろんデザインの場合でもまったく同じで、日常をどのようにすくい取っているかというのが多分にあるはずです。

絵本も同じですが、作り手が生活の中に何を見出そうとしているかというのがとても大事なことだろうと思います。

ただ、問題は、こういったものも時代とともに変化するということです。デザインの概念も、100年前から全く同じということはあり得ない。ましてや、現代のように―現代というより1990年代以降といった方が良いかもしれませんが―デジタルの領域、コンピュータが一つの言語として、重要な役割を果たし始めた中では、様々なもの・分野などが変わってきました。

デザインもそうですが、絵本でも、ボローニャの絵本原画展をここ数年見て、感じました。デジタルによる表現が数多く見られます。

一方で1920年代、場合によっては19世紀の様式や手法のような表現がコンピュータで表現されていたりするのは、とても驚きでした。過去の表

現も、長い歴史の中で受容され、その人の中で消化されて引用されることはありますが、それは様式の引用というよりは、パソコンとインクジェット・プリンターがつくり出す表現です。構想から仕上がりまで、モニター上でコントロールし出力します。もはや原画とか印刷物といった範疇では捉えることが難しい。

その点では、時代とともに変化していくことも、私たちは常に意識する必要があります。早い話が浮世絵は、江戸時代には大衆版画ですが、今はアートになるわけです。生活工芸や民芸もかつては民衆のためのもので、生活のための道具でした。今ではアートとして、時には一品制作品として扱われます。これも時代とともに変化していくことです。

それから、ここが今日一番共有しておきたいことですが、デザインをコミュニケーションのための言語として考えるということです。

デザインはコミュニケーションのための言語、これは絵本も全く同じだと思っています。絵本もコミュニケーションのための言語として機能するという考え方は、これから絵本を考えていくうえでもとても重要な概念になっていくはずです。

では、これは最近のことかというと、必ずしもそうではありません。1940年代に既に同様のことは語られていますし、1960年代には更に明確になります。1990年代以降更に、これが研究対象としてもはっきりしていくと理解しておくと、この流れもはっきりするのではないかと思います。

これも具体的な例でいえば、1990年に、慶應義塾大学の湘南藤沢キャンパス（SFC）に環境情報学部ができました。従来の学問領域や工学を超えて、デザイン環境に対する研究が位置づけられました。当時いわれたのは、日本語・外国語含めた自然言語にコンピュータ言語を重要な柱として位置づけるということでした。その後デザイン言語が加わり、デザインや情報、メディアについて考えていくうえでも、大きな転機になったと思います。今日まで、様々な領域に影響を与えたのではないでしょうか。

私自身が所属していた学科[2]も、新しく1999年にできた学科ですが、SFCを意識して作られた学科です。横断的に学問や様々なことを見ていかないとダメだということがあったのですが、アート、デザインやメディアを社会や生活環境と結び付けていくことを重視して考えました。そこで、デザインを言語として捉えるのは理解しやすいのです。

スライドに書きました「目的や機能などに応じて受容する側との身体的な関わりをどう考えるか、コミュニケーションをどうつくり出していくか」、これがまさに言語として考えていくという一つの捉え方になっているわけです。

アート、デザインを包括的に見ていくというのは1990年代以降の大きな流れですけれども、なぜでしょう。まず20世紀の時代的特徴があります。現実に絵本に関わるような方々もそうですが、児童文学は児童文学、絵本は絵本というようにあらゆる分野で専門分化が進み過ぎたのが20世紀の特徴です。けれども1990年代に入って、この現状をもう一度捉え直して、かつてのような「総合」ではなく「横断」あるいは「包括」というような形で捉えていくというのが今の流れの中にはあるということです。

このことをもう少し整理して、自分たちの日常と照らし合わせて考えていけば、実はばらばらに考えていくことが、研究や物を作っていくうえで障害になるということも段々分かってくるわけです。

食事をすることを考えても、食材があり、道具、調理、盛り付けがありテーブルがあるというようになります。更には、必ず場所というものがあります。調理された料理も、夕飯として5人家族の席で食べるのと、お祝いとしてレストランで食べるのと、あるいは何か式があって食べるのと、全然違うわけです。昔だったらお祭りで食事をするのと日常では、これもまた違う。このように改めて生活の中で料理とか調理について考えていくと、それだけでも、バラバラに考えても仕方がないというようなところが出てきます。人の生活そのものが、さまざまな〈こと〉と〈もの〉の結び付きで成り立っています。

2　武蔵野美術大学造形学部芸術文化学科。

デザインの方でも、〈もの〉のデザインで考えたときに、かつてはインテリア・デザインでは—インテリアといっても内装ではなく〈もの〉を作る方の人たちですが—テーブルを作る人はテーブルしか考えない、椅子を作る人は椅子しか考えないというようなデザインが珍しくありませんでした。現実に、形は綺麗だけれど、でもこの椅子は座りにくいというのはいくらでもあります。

じゃあなぜそういうことが生じるのかというと、生活や空間を意識せずに造形性だけ探求していくと、そうなるわけです。だけど今はそんなことはありません。いや、まだそんな人もいますが。

本来は、テーブルや椅子をデザインするにしても、どこで使うのか、誰が使うのか、日本で使うのか、海外で使うのかによって、全く意味が違う。さらには、このテーブルのテイストはどういう空間に合うのかということになってくると、光や照明であるとか、さらにカーテンや植物、そういったいろいろなものを意識して考えていかないと繋がっていかないですね。

さらに、ある程度大きな空間になった場合には、そこに絵画をかけたい、音楽をかけたいとか。レストランであれば、音楽があれば食事が美味しくなるのでは、ここに絵画があればもっと心地よくなるのではというところで全体を考えていくわけです。

私たちはレストランに行って、そういうものを何気なく享受して、ここいいねというだけで済ませてしまいますが、ちゃんと考えられているのです。それは、もっと日常に近い空間の中でも同じです。みんなでご飯を食べるときにどういう照明がいいか、昼光色よりも電球色の方がいいとか。そういうことを考えながら生活しているわけです。

デザインというのは、そういうことを常に頭に置きながら考えられています。そうすると、アート、デザイン、音楽、演劇、文芸などそれぞれが結び付いた関係性の中にあり、無関係ではありません。そして人の行動と結びついているのです。

中心には、「生きる」「暮らす」「働く」という、最も重要なことがあって、その横に「遊ぶ」「楽しむ」「学ぶ」「伝える」とかがあります。全体の関係、環境の中に元々いるのです。バラバラに考えるから混乱するのです。このように見ていくと、考え方も変わっていくはずだということです。

絵本も特別なものではない、と考えていけば、子どもにとって絵本はどういうものかという捉え方も変わってくると思うのです。

絵本は、子どもたちにとって、マンガやゲーム、おもちゃ、アニメーション、そういったものの一つとしてあるわけで、絵本だけが特別なものということはないわけです。その様々なものの中で、絵本がどのような機能を果たしているのか、また、どのように子どもたちの中に作用しているか、そういったことを見ていくと、絵本に対して、あるいはデザインに対しても見え方は随分変わっていくのだろうと思います。

これは後ほどお話ししますが、我々が日常的に扱っている日本の絵本も含め、現代の絵本は、ほとんどが1940年代、1950年代に醸成されて、それが一つの流れとしてあると見るのが自然なのだろうと思っています。

もちろん、歴史はもっと古いですよ。19世紀ヨーロッパからです。しかし、どのように変化し、現代に繋がっているかを見ていくと、現代の絵本の基本的な部分は、アメリカで作られ成熟したのではないかと感じます。そこでのキーワードが映画とグラフィック・デザインです。

今日もブック・デザインと絵本を考えていくときに、あえてアメリカの絵本を中心に紹介するのは、そのような理由です。それなりに、根拠があるということです。その話を後ほどしていきたいと思っています。

まずは絵本を、デザインとメディアとして捉える。これは昨日、石井先生の方から話をされたのだと思いますから、ここではそんなに話しません。あくまでも簡単に。

絵本をメディアとして捉えるということは、受容者の知覚に働きかけること、もちろんメディアですから媒介作用があり、対話性、相互作用というのがそこにあります。これが先ほどの「言語」という話と繋がるわけです。デザイン言語、絵本言語という形で考えていくと、絵本をメディアとして捉えることもごく自然な形でできるでしょ

う。特に大事な部分は媒介作用であり、対話性です。

読者との対話を作り出す、絵本を媒介に想像空間を作り出す。これは、単純に絵本は物語やメッセージを伝えるだけの器ではありません、ということです。

ところが、時にはデザインという観点から絵本を見るときに、ただの器になってしまうことがあるのです。これは綺麗な形をしていますねとか、構造的に面白いですねとか、そちらの方が優先されたときにはそれはただの器であって、中身の問題ではなくなってしまいます。

しかし、大事なのはそこに生じる対話性や媒介作用なのです。このことが絵本をメディアとして捉えていくうえで、特に大事なところだと思います。

スライドには「相互作用―協同性」とありますが、その下に、「働きかけに読み手が応える」と書いています。要するに、絵本作家が作った〈もの〉である絵本がまずあって、その絵本を通して読み手が受けとめる空間があるわけです。相互作用、協同性の中で成り立っているということも、メディアとして考えれば当然、関係してくるわけです。

「見る人が作品の中へ侵入できる余地を与える必要がある」[3]というのは僕の好きな言葉で、よく取り上げて紹介しています。これはブルーノ・ムナーリ（Bruno Munari, 1907-1998）の言葉です。要するに「開かれた」作品です。作家が全て自分の思う通りに伝えてしまったら、受け取る方は「あ、そうですか」で終わってしまうわけです。

ムナーリの本が面白いのは、「どう、一緒に遊ばない？」という余地です。「ここから何が見える？」という問いかけのようなもの。これがとても面白いわけで、作家の方で全部情報を入れてしまったらつまらないですね。絵本とデザインの関係性は、そういうところでも親和性のある概念ですから、そのように見ていくと、ムナーリに対する理解も違ってくるのだろうと思います。

---

[3] ブルーノ・ムナーリ 著, 小山清男 訳『芸術としてのデザイン』ダヴィッド社, 1973, p195. (Bruno Munari, *Arte come mestiere*, 1966.)

次に関係性についてスライドを通して見ていきます。まず作り手であり、送り手であるデザイナーや作家がいます。そして受けとめる受容者、消費者がいます。その中間に置いてあるのが、デザインや絵本など形を持った〈媒介物〉いわゆるメディアです。〈媒介物〉は双方を繋ぐものですが、受容者は〈媒介物〉があって初めて反応します。反応の仕方は様々ですが、往々にして中間にある〈媒介物〉を見えるものや形として、捕らわれ過ぎる傾向があります。むしろ大切なのは、そこで生じる〈こと〉であり、受容の環境にもっと目を向けるべきです。人との関係性をつくり出すのがデザインです。

見えてしまうものに捕らわれ過ぎる。そのことをまず意識から少し外していくことも必要だろうと思います。その時に単なる中間的な〈もの〉ではなくて、〈もの〉と〈こと〉の両方がある、その「間」というものがとても大事なのです。

日本にはいい言葉がたくさんあります。古くから空間に時間の概念を取り込んだ言葉の捉え方は珍しくありません。「間」も「あいだ」「はざま」「ま」「あわい」というように読み方でニュアンスが変わります。状況に応じて使い分けるわけです。例えば、「この「ま」がいいね」とか、この場合の「ま」は見えないものです。「あわい」のような言葉を使うと、またそこで生じるものの意識や感じ取り方が変わってきます。

日本の演劇を見ていくとこうした特徴が特に出てきます。絵本は基本的に音のない静止画ですが、もう少し「ま」とか「はざま」とか「あわい」という言葉で絵本を見ていくと、そこから音が聞こえてくるかもしれません。

演劇では、「「ま」をとる」「「ま」を見計らう」などの言葉をよく使います。台詞のテンポやリズム、呼吸です。それによって展開していく物語性があります。共演者との「ま」、演者と鑑賞者の相互作用、「ま」を意識するからです。

絵本は1枚の絵画ではありません。しかし冊子という時間軸を持っているわけですから、そういう意味では、時間の表現であり、映画やアニメーションとも共通するわけです。ですから、一つの時間の流れを表現している以上は、この「あいだ」

や「はざま」や「ま」や「あわい」というのが必ず生じます。

　現実にページをめくっていく時のその間合い、例えば読みあいや読み聞かせもそうです。どこでページをめくるのか、というのは読む人によって違うわけですが、見ている方もどこでめくられるかによって、受け取る間合いが変わるわけです。このような部分というのは見えないものです。

　ですから、ここで言いたいのは、〈もの〉だけではなくて〈こと〉、そこに生じるまさに「ま」というものを、絵本の中にもデザインとして見て考えていくと、また違う見え方があるということです。空間とか時間というものが、対象を見ていくうえでとても大事な要素になってくるということです。

　この間、井上洋介（1931-2016）の展覧会を見に行ってきました。井上洋介さん、すごくいいですよね。絵画もありましたから、すごい迫力でした。絵ですから、まず見えるという形で物理的な構造が立ち現われてくるわけです。しかし一方では、見えないけれどそこにいるだけで感じ取れることもあります。絵画も絵本も見える部分と見えない部分の両方で成り立っているのが分かります。描かれる世界というのは作家の視点ですが、作家のテーマや考え方と深く関わっています。それが絵画や絵本の構造物として現れ、それが読み手との関係を作り出していきます。そのために、作家はどのような媒介物にしていくのかを考えます。「物理的構造（見えること）―そこで生じること（見えないこと）」という関係の中に意味があります。デザインでも重要な考え方です。

　次に、エモーショナル・デザインについて紹介します。これも1990年代以降になって、デザインに対する考え方の一つとして出てきた概念です。どういうことかというと、機能だけでなく情動を意識したデザインです。

　このエモーショナル・デザインという言葉をテキストとして書いているのは、認知科学が専門の科学者で、ドナルド・A・ノーマン（Donald A. Norman）という人です。『エモーショナル・デザイン』[4]という本を2004年に出版していますが、ノーマンは1988年に『誰のためのデザイン?』[5]という、有名な本を出しています。この『誰のためのデザイン?』という本が出た頃から、日本でも、デザインに対する考え方とか、デザインは誰のためにあるのかが注目されるようになりました。要するに作り手が好きなように作るのではなく、使う側との関係で成立する、そのようなことがより強く意識され始めたのです。

　『誰のためのデザイン?』から、さらにデザインの作用に触れたのが『エモーショナル・デザイン』です。ここに書かれているノーマンの言葉の一部を引用します。

　　我々科学者はいまや、情動が日常生活においていかに大切か、いかに価値あるものかを理解している。たしかに、役に立つことや使いやすいことも重要だ。しかし、おもしろさと楽しみ、喜びと興奮、そして、そう、不安と怒り、恐れと激怒がなければ、人生は完全とは言えないだろう。

　　情動に加えて、もう一つのポイントがある。芸術性、魅力、美しさである。[6]

　ノーマンは認知科学が専門ですが、彼自身の中でも微妙な変化があって、この『エモーショナル・デザイン』が出版された頃には、情動の方にかなり重きを置いて書いています。要は、デザインが人にどのように働きかけるかです。受容する側は、どのように知覚し反応するかということになります。

　感覚に働きかけるというところがとても重要で、そこを芸術性、造形性、デザインが媒介している。そのことを考えていったときに、デザインは、本来持っている機能を出せるのではないかということをいっているのです。

　それでは、ノーマンの言葉を前提にして、「絵本の場」を図で整理してみます。絵本を〈媒介物〉として中心に置くと、絵本を取り巻く環境、場は

4　ドナルド・アーサー・ノーマン 著, 岡本明ほか 訳『エモーショナル・デザイン』新曜社, 2004. (Donald A. Norman, *Emotional design*, 2004.)

5　ドナルド・アーサー・ノーマン 著, 野島久雄 訳『誰のためのデザイン?』新曜社, 1990. (Donald A. Norman, *The psychology of everyday things*, 1988.)

6　前掲注(4), pp.9-10.

どういうものかということですが、〈情動〉と〈眼差し〉から見てみます。〈情動〉と〈眼差し〉は、作り手にも、受容の側にも、どちらにもあることを示しています。身の周りに向ける眼差し、世界に向ける眼差しは誰にもあるものです。同時に情動が伴います。絵本を作ること、読むことは、相互的な作用であり、〈情動〉と〈眼差し〉は深く関わっています。

ですから、作る方もただ自分だけの世界で作っているわけではありません。受け手を意識し、どのように情動として働きかけていくのか考えています。作り手の眼差しは自分の周りにあるものを観察することから始まりますが、対象となるものは、受け手の世界とも重なるものです。どのようなものも日常と切り離されたものはないからです。

絵本を見て「うわー恐ろしい、こんなもの分からん」というようなものでも、その人にとっては子どもの頃の記憶や恐怖、様々な体験と繋がって蘇ります。作り手も異次元を意識しても、単純に異世界のことを描いているわけではありません。どこかで日常と結びついている。このように見ていくと、〈眼差し〉と〈情動〉は双方にとってとても重要で、デザインもその中にあります。

最近は読み聞かせというより読みあいという言葉がよく使われます。村中李衣さん[7]が「読みあい」を使いますね。この読みあいという言い方、相互性や対話を意識すると僕もこっちの方がいいなあと思いますから、よく使います。デザインも読みあいも、情動や眼差しが相互的な作用の中で循環していきます。絵本をそのような場に置くと、様々な捉え方、面白い見方ができると思います。

「見るとは関係付けること」、「聞くとはまとめること」、「知覚するとは場と空間を身体で感じとること」です。デザインをはじめ全ての表現行為はこのどこかに納まります。

例えばグラフィック・デザインは、「見る」という関係をより強く持っている世界です。

音楽は「聞く」ということでまとめられるわけです。でも、音楽って不思議ですね。メロディーは、どのようにして感じるのでしょう。それは、聞く方でまとめているから一つのメロディーになるわけです。作る方も同じように、どのようにまとめようかと考えて作っているわけです。その関係がなければ、ただの雑音ですから。そういう意味で、音楽は「聞くとはまとめること」といえます。絵本の「読みあい」についても、見て、聞きながら自分の中で、いろんな空間や物や世界をまとめているわけですね。それをまとめていくことで、自分なりのイメージを作っていく。

「知覚するとは場と空間を身体で感じとること」というのは、どんな場所でも一つの空間として成り立っているわけですから。先ほどの料理の話もそうですし、絵本の読みあいでも自分の部屋で読むのか、あるいはお父さんの膝の上で背中から読んでもらうのか、大勢、10人ぐらいで読みあうのかで、環境が全く違ってきます。知覚する場というのは空間と一体的な関係がありますから、この空間をどのように捉え、考えるかというのは大事なことです。

デザインの分野でも、空間を扱うデザインや建築を扱うデザインは、今は知覚する場としても認識します。単に構造として使いやすい建物を建てるというだけではないのです。そこに人が訪れたときにどのように感じ取ってくれるだろうということも含めて成り立っています。

デザインはこのように、常に変化し進化しながら、なおかつ人のために人ともの、人と情報、人と環境を結ぶという原点に立ち返りながら、今日まで来ています。

デザインの概念をまず共有した上で絵本を見ていくと、これまでと違う見え方がしてくるだろうと思います。

2　グラフィック・デザインと絵本

ここからは、グラフィック・デザインと絵本というところに入っていきます。今回レジュメには1960年代の絵本を中心にと書きましたが、むしろ1960年代に活躍した人たちの、という方が良いかもしれません。今日紹介するのは全てが1960年代の話というわけではありません。むしろ、1960

7　ノートルダム清心女子大学人間生活学部児童学科教授。

年代に活躍した、1960年代を作っていった人たちです。

このグラフィック・デザインのところでは、アメリカの絵本が中心になります。まず前提として、絵本がグラフィック・デザインの影響をどのように受け、どのように表現されていったか、絵本とデザインの繋がりについて話していきたいと思います。

もちろん、19世紀には既にウォルター・クレイン（Walter Crane, 1845-1915）がはっきりと「デザイン」について語っているわけです。しかし、いわゆるモダン・デザインとの関係、現代の絵本との繋がりを考えれば、1930年代以降と考えていった方が分かりやすいだろうと思います。

ですので今日は古い話は省いて、1930年代以降あたりからグラフィック・デザインとどのように関わってくるかということを、背景から話したいと思います。

どうしても、絵本となると、まずは具体的な絵本が出てきて、そこからの話になりがちですが、その辺は『絵本とイラストレーション』を読んでくださいということで、背景になる方をできるだけお話しします。普段あまり触れる機会のない話題に持っていきたいと思います。

皆さんにとっても初めて聞く話ではないでしょうが、1920年代というのは、芸術の前衛が台頭する時代です。第一次世界大戦終結前後、ロシア革命など、世界情勢が大きく変わっていく時と重なっています。芸術分野でも、キュビスムやシュルレアリスム、表現主義、あるいは構成主義といったものが一気に出てくる時代なわけです。もちろんそういった土壌は19世紀末にあるのですが、はっきりと形に見える状態で出てくるのがこの時期です。

じゃあ絵本と関係あるのかというと、実は深く関係しているのです。そのことを少し紹介したいと思います。ロシア・アヴァンギャルド、イタリアの未来派、ドイツのバウハウス、オランダのデ・ステイルなどのデザイン運動、アール・デコ様式のデザインとの関連などです。

そしてもう一つ、1920年代を代表する概念として語られる、コラージュ、抽象、オートマティスムという3つの非常に重要な概念です。デザインの問題を考えていく場合には1920年代を整理し、そこから作品や作家を見ていくわけです。

コラージュというのは、統合の法則に対する根本的な疑問です。要は、ずっと続いてきた透視図法に対して、人間は固定した視点で対象を見ていないというところから始まるわけです。ばらばらに見たものを頭の中で繋ぎ合わせていて、風景というのは自分の頭の中でまとめているという見方です。それを再現しようとしたときに、一度ばらばらにしたものをもう一度繋ぎ合わせて空間を作る。これがコラージュの概念です。このコラージュの概念も20世紀以降、絵本の中に頻繁に出てきます。

次に、抽象は模写的認識ではなく構造的認識です。見えているものをただ綺麗にトレースするような表現への疑問です。対象に対して本質的で、構造的な性質を見ようよということになります。そういうところから、抽象という概念が始まっているわけです。抽象というと「なんとなく形がシンプルになったすごく簡単なもの」というふうに思うかもしれませんが、必ずしもそうではないわけです。その物の本質を細かく観察していったときに、余分なものを排除し、自分なりに加えていったときに生じる形です。これも1920年代の重要な流れです。

それから、オートマティスムはシュルレアリスムの中で出てくる概念です。スライドでは「再現の概念の廃棄」と簡単に書いていますが、要するに単純に見たものをただ描くのではなく、そこで感じたものを感じたままに描いてみるというような発想です。これは情動的なものですね。こういった、オートマティスムの考え方も、1920年代の前衛美術の中ではとても重要なものの一つになっていきます。

このような考え方は、時間と空間の概念にも関係しています。時間や空間は、19世紀まではバラバラに考えられることが多かった。もちろんそうでない場合もありますが、一般的には時間の概念と空間の概念は、分けて考えられていました。絵画は空間の概念が中心にありました。でも1920年代に入って、時間の概念と空間の概念は一体的

な関係のものと考えられるようになっていくわけです。

　これは別に、芸術の分野だけではありません。心理学や哲学の分野でもそうです。特に心理学からの影響というのは大きいです。時間と空間は一体的な概念として捉えられました。このような背景もあって、先ほどのコラージュや抽象が出てきます。

　そしてこのような考え方が、ヨーロッパではドイツのバウハウスという学校の中で、デザインの新しい考え方として醸成されていくのです。ところが、御存じのように、バウハウスはナチスの台頭によって閉鎖されました。その後亡命を余儀なくされた人たちを含め、そこで教えていた多くの人たちがアメリカに移住します。バウハウスで教えていた人たちだけではなくて、ヨーロッパで当時活躍していた科学者、文学者、哲学者、様々な分野の人たちが、アメリカに新しい場所を求めて移住しています。このことも、アメリカの絵本が大きく変わっていくのと関係が深いのです。この辺は既に御存じだと思いますが。

　つまり、絵本との関係を見ていくときに、1920年代の考え方が現代絵本の確立に繋がっているのです。それが、アメリカが中心になったということです。これは、建築やデザインだけでなく、全ての分野に広がっていきます。僕はデザインの観点から見ていますが、演劇や音楽の観点からなら、また違う見方になるでしょう。そのように見ていくと、1920年代が一つの契機になっているのがわかると思います。

　ここからレジュメの中でも少し触れていますが、新しい表現思潮ということでその中のヴィジュアル・マガジンを取り上げていきたいと思います。絵本の話をするときに、ヴィジュアル・マガジンと結び付けて考えることはあまりないと思います。しかし、デザインとの関係からは不思議なことではありません。ヴィジュアル・マガジンが、アメリカの実験的な絵本を作っていく上で重要な役割を担ったことが見えてくるからです。そのことを紹介していきたいと思います。

　では、なぜヴィジュアル・マガジンが発展するかというと、一つにはヨーロッパから先に述べたような知識人、文化人が大量に移住してきたこと。もう一つ大きいのは写真、映像技術や印刷技術の発展です。娯楽として成長した映画とディズニー・アニメーションがアメリカで大きな意味を持ち始めます。印刷技術では、現在のオフセット印刷機が開発されました。これが印刷文化、絵本もそうですが、雑誌など印刷物の質を高め量産を可能にしました。

　一方では、第一次世界大戦の最中、戦場にならなかったアメリカは経済的にも発展し、都市部がどんどん豊かになっていきました。都市部が豊かになることによって、大量消費が起こり、広告が発展します。当然、デザインも活発になります。19世紀末から1930年代にかけて培われた芸術思潮が、豊かなアメリカ社会を背景に発展したのです。その一つがアメリカ独特の大衆的な視覚文化です。

　しかし、第一次世界大戦後は夢と希望に満ちた時代ですが、全ての人たちが享受できるわけではありません。社会制度や労働意識、差別への抵抗など反動的な側面も現れます。光と影の部分が出てきます。その光の部分と影の部分の両方を、最初のところで見てみようと思います。

　この *New Masses*[8] という雑誌を御存じでしょうか。意外と知られていないですね。これはワンダ・ガアグ（Wanda Gág, 1893-1946）を考える上では欠かせない雑誌です。

　New Masses は、コミュニスト系の文芸雑誌です。日本もそうでしたし、ヨーロッパもそうですが、この種の雑誌が、評論、文学作品、ルポ、風刺画といったものを掲載していくときの、若手、特に学生や学生を終えたぐらいの世代にとっては、大事な発表の場になっていきました。前衛的な作家の受け皿になっていたのは世界共通です。イラストレーション、写真、テキストや詩などを見ても、ほぼ同時期に新しい芸術思潮を共有しています。

　ロシアであれば *USSR in Construction*[9] という雑誌がそのような役割を果たし、斬新な表現が掲載

8　*New Masses* は New masses 社が1926年から1948年まで刊行した雑誌。同社が1911年から1917年まで刊行した *The Masses* をリニューアルしたもの。

され、その後のデザインに様々な影響を与えていきました。日本では『白樺』[10]などは、ちょっと性格は違いますが、ヨーロッパの新しい動向をどんどん紹介していく雑誌でした。

　New Masses が1926年に創刊された翌年の、1927年5号に表紙として出ているのがワンダ・ガアグです。ワンダ・ガアグは、この *New Masses* に数多くのイラストレーションを掲載しています。創刊号からガアグのイラストレーションを見ることができます。

　これは1927年6号に掲載されたイラストレーションですが、これを見ていると、『100まんびきのねこ』[11]に近い感じがするだろうと思います。このようなイラストレーションが、ガアグのその後の表現の中で重要な位置を占めています。ガアグは、ジョン・ラスキン（John Ruskin, 1819-1900）の考え方に傾倒して、仲間と集会に参加しながら、社会や政治の問題に関心を向けていく時期があります。そして前衛的な芸術運動に目を向けるきっかけになっています。そこで彼女が思考していたことがイラストレーションの中にも表れてきます。

　New Masses は相当大きい判型の雑誌です。1927年の5号には、上の部分だけにパノラマ状にイラストレーションが見開きで掲載されていますが、取り出してここだけをみると、『100まんびきのねこ』に似ている感じがすると思います。『100まんびきのねこ』も突然生まれてきたわけではないのです。

　ガアグの学生の頃、卒業して仕事をしている頃に培われた様々な思考が、このような表現に繋がっています。*New Masses* には、視覚表現の新しい考え方に基づいた、映像やデザインの手法を積極的に取り入れた作品がたくさん掲載されていました。ガアグの作風もこのような環境の中から生まれたのです。

　彼女はデザインの仕事もしています。版画や絵画、挿絵も描いています。様々な作品の中には生活のために描いているものもあります。『100まんびきのねこ』は、仕事のためではなく、心身ともに疲れた生活の合間に自ら描きたい作品として温められていたものです。ただ社会を批判的に描くのではなく、もっと人間の生きた生活に焦点を合わせたいと考えていたようです。

　実際に、*New Masses* を見ていくと、他の政治的な風刺画と比べるとちょっと違います。ガアグのイラストレーションには、あまり社会に向けた強烈なメッセージ性がないように見えます。むしろ、働いている人たちの生き生きとした姿とか、疲れた人たちをそのまま描いています。人を見る視点がだんだん商業的なものから離れて、身近なところで起こっていること、感じることを視覚化しようとしていたのだと思います。その表れが『100まんびきのねこ』でしょう。

　造形的なところでは当時の流れである、1920年代の新しい表現の考え方がそのまま入っていますが、絵本を作るにはそこにテキスト、何を伝えたいかということも視点を変えて見る必要があります。ガアグが周りに向ける眼差し、そこには生々しい「人」と「その生活」があるわけです。

　都市の風景は新鮮なテーマでしたが、ニューヨークのような摩天楼での生活や仕事にも疲れていたようです。ガアグは子ども時代を過ごしたミネソタの川や丘を見渡せる風景を好むようになります。『100まんびきのねこ』に描かれた風景もそうです。イメージや感情には、子どもの頃の記憶が繋がっています。

　ガアグの1冊1冊の絵本にも、このように生まれてくる背景が必ずあるのです。当時の新しい表現思想や芸術書から影響を受けたというような、そんな単純な話ではないということを、絵本の中にも見ていかなければならないと思います。

　先ほどの光と影でいえば、ガアグはどちらかといえばやや影の部分から培われていった表現の世界だったかもしれません。

　ここからは、アメリカが輝いた時代、光の当たっていた方に焦点を合わせて見ていきます。

　アメリカの場合には大衆性、消費社会が一気に花開きます。そこで大きな役割を果たしたのが広告です。広告デザイナーや広告のためのイラスト

9　ソビエト連邦政府のプロパガンダ用グラフ誌。1930年から1941年にかけて、ロシア語、フランス語、英語、ドイツ語、スペイン語（スペイン語版のみ1938年から）で発行された。
10　『白樺』洛陽堂, 1910-1923.
11　Wanda Gag, *Millions of Cats*, 1928.

レーターの活躍が、その後に繋がっていきます。もう一つはここで紹介する、ヴィジュアル・マガジンの隆盛があり、このことはとても大きいと思います。

今でもエディトリアル・デザインの領域では、最初に学生たちに見てもらうのはこの時代の雑誌です。特に 1950 年代 1960 年代の *Fortune*[12]、*The Saturday Evening Post*[13]、*LIFE*[14]、*Esquire*[15]等です。このような雑誌類がどのように作られていったかを見ていきながらそこからデザインを考えるのです。見せる、伝える、ということをどのようにグラフィック・デザインとして扱っているかということです。

この種の雑誌は、絵本作家にもすごく大きな影響を与えています。アメリカの場合には産業・商業・消費社会といった都市部の発展が生み出した生活や文化面での新しい様式と、描かれていく世界とは無縁ではありませんから。

家電や自動車の普及に合わせて生活スタイルも変わり、広告も頻繁に作られる。ディズニー・アニメーション、コミックの流行など、娯楽の面でもアメリカン・スタイルが生まれました。家庭生活から娯楽まで様々な種類の雑誌は、日常を支える情報源であり、生活を変えていく力もありました。アメリカの黄金時代と呼ばれる時代です。そこから登場するのが新しいタイプの編集者、出版者、そしてデザイナーだったのです。

スライドに新しい教育の広がりと書きましたが、もう一つ大事なことは、先ほどお話しした、ヨーロッパから移住した人たちです。デザイン教育では、バウハウスで教えていた人たちが大挙移動するわけです。これも大きな出来事です。

元バウハウスの教員が、アメリカ都市部の美術学校やデザイン学校で教えていくのです。そして、そこで育った人たちがたくさんいます。第二次世界大戦後、新しい教育を受けた世代が活躍します。ここではデザイン教育に絞っていますが、あらゆる分野で教育の変化が起こっていました。

突然新しい文化や生活スタイルが生まれたわけではありません。教育があったのです。これはとても大事なところです。

例えば、1937 年にシカゴ・ニュー・バウハウスができます。モホリ・ナジ（Moholy-Nagy László, 1895-1946）という人が開設しました。ここは長くは続かず、他に散らばっていくのですが、今でもイリノイ工科大学にはそのまま当時のニュー・バウハウスを引き継いだ学部が残っています。そこから育った人たちもたくさんいます。

他には、ギオルギー・ケペッシュ（Gyorgy Kepes, 1906-2001）が、ニュー・バウハウスからマサチューセッツ工科大学に移り、そこで教えていきます。ハーバード大学で教えたヴァルター・グロピウス（Walter Gropius, 1883-1969）やマルセル・ブロイヤー（Marcel Lajos Breuer, 1902-1981）もそうです。他にも、ニューヨークやボストンのデザインスクールやアートスクールで指導しています。

当初はヨーロッパから移動してきた人たちが中心になり、そこで学んだ人たちが新しいデザインを手がける、そういう人たちがまた教える。そのような循環が起こっていました。もちろん、バウハウスだけではありません。ヨーロッパで活躍していたデザイナーも加わります。後ほど紹介する、レオ・レオーニ（Leo Lionni, 1910-1999）もその一人です。

イェール大学やハーバード大学の大学院も、理論的な部分を培う重要な場所になっていました。1940 年代から 60 年代は、アメリカのデザインを支える基盤が豊かだったのです。

それでは、当時のヴィジュアル・マガジンを見ていきますが、写真やイラストレーションを多用したことが大きな特徴です。それまでも、風刺画の入った雑誌はたくさんあるのですが、写真やイラストレーションを大胆に使っていきます。大衆の欲望に添うものでもありますが、アートディレクターが重要な役割を担い、写真家、イラストレーター、コピーライター、ルポライターといった新たな専門家が育っていきます。雑誌作りは共同で成り立つものです。そのために先ほど触れた書物のためのデザイン、エディトリアル・デザイン―編集デザイン、エディティング・デザインともい

---

12 *Fortune,* Time Inc, 1930-.
13 *The Saturday Evening Post,* Curtis Pub, 1821-.
14 *LIFE,* Time Inc, 1936-1972.
15 *Esquire,* Esquire Pub, 1933-.

います―の分野がアメリカで確立していくわけです。

　ここから少し、具体的に雑誌の誌面を見ていきたいと思います。Harper's BAZAAR[16]は、1934年からアートディレクターをアレクセイ・ブロドヴィッチ（Alexey Brodovitch, 1898-1971）が担当しています。ブロドヴィッチは、ロシアからフランスに亡命し、その後アメリカに移住しています。彼がアートディレクションをすることによって、この Harper's BAZAAR は画期的に変わっていきます。テキストだけでは語り得ないものを、視覚表現による新しい手法でデザインしたのです。当時その斬新さが話題になりました。

　1938年1月号の表紙は、カッサンドル（A. M. Cassandre, 1901-1968）です。カッサンドルはフランスで活躍していた著名なデザイナーです。表紙のためにわざわざフランスから呼んで、何か月間かニューヨークに滞在してもらって表紙を描いてもらっています。そんな贅沢なことができたのもアメリカなんですね。しばらく、このカッサンドルの表紙が続いています。写真もマン・レイ（Man Ray, 1890-1976）など著名な写真家が起用されています。ここで起用された写真家がファッションやコマーシャル写真で有名になったりもします。とても贅沢な雑誌です。

　Harper's BAZAAR は当時の様々な雑誌と全く違いました。デザイン、レイアウトから、一躍 Harper's BAZAAR は注目されるようになります。写真のレイアウトを見ても、今のデザインに近いところがあります。ある種の物語性を持って写真を組み合わせるということが、この雑誌の中で行われていました。またレイアウトも少し斜めにしたり、とても大胆です。

　この時代に、このような雑誌が作られていたのです。見ていくと皆さんピンとくるかと思いますが、写真を組み合わせて物語を構成するのは、絵本と同じような手法です。ですから、エディトリアル・デザインとして、どのようにイラストレーションを組み立てていくか、言葉を組み立てるか、というような考え方が、この時期に見えてきます。

イラストレーションもたくさん使われています。ここで使われたイラストレーターや写真家がその後の活躍に繋がっていきました。

　ここで一番重要なのは、アートディレクションという考え方です。アートディレクターという言葉は今では珍しくありませんが、アートディレクターという概念が生まれたのはアメリカです。特に広告の世界、雑誌の世界でアートディレクターという職域が実際に見られるようになりました。

　次に、これは1933年創刊の Esquire です。写真よりもイラストレーションを多用するのが特徴的な雑誌です。表紙からして Harper's BAZAAR とは違います。見て分かるように、B4近いサイズの雑誌の、片側の一面にイラストレーションがあります。それが何枚も入っているのです。テキストのページでも、イラストレーションのカットが入ってくる。たくさん入ってくるということは、それだけイラストレーターの需要があるということです。美術やデザインを学んだ人たちがこういうところでどんどん活躍していける。そういう場が、雑誌を手掛かりにしてあったということです。1936年から1941年までポール・ランド（Paul Rand, 1914-1996）がアートディレクターを務めています。

　これは Fortune という雑誌です。経済を中心にした総合誌ですから若干性質が違いますが、1949年から1960年までレオ・レオーニがアートディレクターです。表紙やグラフのデザインは、レオーニによるものです。レオーニらしく、ダイアグラムで統計されたものを分かりやすく一覧化しています。この雑誌は経済的なものが中心ですから、レオーニがどのようにすれば内容を分かりやすく伝えられるのかを考え、グラフにしていく方法がこの雑誌の中ではかなり使われているのです。先ほど言った「問題解決のためのデザイン」です。

　ここからが LIFE です。みなさん御存じのフォトエッセイです。写真を中心に世界の出来事を伝える雑誌です。複数の写真を組み合わせ、多様な民族とその生活、紛争地域の現実等をドキュメントしたのです。テキストでは語れないこと、写真によって見えてくる現実を組み写真で語ったので

16　Harper's BAZAAR, Hearst Magazines, 1867-.

す。一枚一枚の写真のクオリティも高く、その後様々な分野に影響を与えました。テレビのない時代、世界を知るうえで有効だったのですが、テレビが普及し映像が主流になった時に役割を終えてしまいました。その後何度か復刊しますが本来の目的は変わっていきました。

　図書館で何かいい LIFE の写真はないかと探していて見つけたのが、1950年の12月号、クリスマス号です。たまたま見つけたものです。表紙が子どもというのは珍しいです。それに、子どものためのコーナーが何ページもあるのです。後ろの方にはクリスマスツリーが切って作れるようになっています。LIFE は子どものために作られた雑誌ではないのですが、この1950年のクリスマス号だけは、子どものためのコーナーをふんだんに入れているのです。

　ところが面白いのは―面白いと言ってはいけませんが―ここを見てください。これは1950年発行の号です。1950年ということは、朝鮮戦争の真っただ中です。表紙を見たとき、これはクリスマス号だし、ちょうどいいと思って手に取ったのですが、最初にめくったら戦地の兵士の写真がいきなり出てきたんですね。はっきり言ってびっくりしました。

　これはどういうことかというと、アメリカではクリスマスは子どもにとっても楽しい。しかし一方では、戦地でクリスマスを迎えている兵士がいるということをドキュメントしているのです。子どものために多くのページを割いているのですが、最初に戦地の写真を持ってきています。兵士はこのような戦地でクリスマスを迎えていることを伝えています。子どもにとって、最初は分からないかもしれない。しかし、こういうものを共存させていくことによって、世界で何が起こっているかを知らせています。この号を見たとき驚きましたが、さすが LIFE の編集だと思いました。これなど、EYES of men…とはじまって、戦地の兵士たちの瞳を捉えた写真が6点並んでいます。戦地で迎えるクリスマスは全く違うものです。このようなページがあって、その後に子どものためのページが来るのです。組み写真は LIFE の一つの手法ですが、写真の組立てから一つの世界を知る

ことができます。同時に LIFE 全体の編集から世界の繋がりを感じ取ることができます。

　ここまで編集とアートディレクションが重要な意味を持ち始めたことを見てきました。編集や構成、デザインは絵本にも共通するものです。テキストとイラストレーションが一つの空間に共存する絵本にとって、編集とアートディレクションは必然なのです。

　ここから具体的に絵本を見ていきますが、まず「マーガレット・ワイズ・ブラウン（Margaret Wise Brown, 1910-1952）とイラストレーター」ということで取り上げています。なぜこのような形で取り上げたかというと、ここに挙げたレナード・ワイスガード（Leonard Weisgard, 1916-2000）、クレメント・ハード（Clement Hurd, 1908-1988）、それからジャン・シャロー（Jean Charlot, 1898-1979）、もちろん他にもいますが、ガース・ウィリアムズ（Garth Williams, 1912-1996）とか。あえて、この3人の絵本を取り上げます。先ほどの雑誌やデザインと繋がってくるからです。

　ブラウンは、絵本のテキスト・ライターとして知られています。ですが、彼女は編集者でありアートディレクターでもあります。

　僕はこのアートディレクター、というところに注目しています。アートディレクターとしての才能が、当時、重要な絵本を何冊も作り続けることに繋がったのではないかと思っています。

　ブラウンは、有能なイラストレーターを見出し新しい絵本の形を作っていきました。日常の自然と子どもの描写、それと言葉と絵の融合、ここが一番大きい点だろうと思います。ブラウンが書いたテキストは、絵本のためのテキストです。絵と一体になることを前提にしていますから、文学というよりは絵本のテキストということです。どのイラストレーターと組むのか、どのようなイラストレーションを使ったときに、自分の描きたい世界が伝わるかを模索しています。

　これはまさにアートディレクションです。このような関係から生まれていった絵本であるがゆえに、とても魅力的ですし、やはりこの時代の代表的な作家といえるのです。ブラウンがいなければ、アメリカの絵本は違っていたかもしれません。

まあ、そこまでいったら怒られるかもしれませんが、そのくらい重要な位置を占めていたと思います。

先ほどガアグを紹介しましたが、ガアグは、時間と空間の概念を絵本の中に徹底的に取り込んだという意味で先駆的でした。ガアグの影響を受けた人も多いです。時間と空間の独特の表現性が、その後、多くの作家に影響を与えていった。それでガアグを挙げたわけです。

ブラウンの場合は、絵本はディレクションするもの、総合的に見ていくことの重要性を示しました。テキスト・ライターは、テキストを書くだけではない、絵と一体化しないと意味がないということを最初にやった人なのだと思います。絵本のためのテキスト表現の世界を切り開いた先駆者です。

その中で、今日最初に紹介するのは、レナード・ワイスガードの The Country Noisy Book[17]という絵本です。この絵本も、紹介されるとき、ワイスガードの名前が出てこなくて、ブラウンしか出てこないこともあります。そのために、ブラウンの絵本として有名ですが、イラストレーションは、ワイスガードが描いています。本来は二人で成り立っているのですが、見方を変えると面白い面もあります。ブラウンはアートディレクターですから、彼女の作品とも言えます。協働による作品ですが、絵の表し方など細かくワイスガードと打ち合わせています。ポスターなどでは、アートディレクターが代表するのは珍しいことではありません。いずれにしても、新しい絵本作りだったと言えるでしょう。

レナード・ワイスガードは1916年の生まれで、ニューヨークの名門のプラット・インスティテュート（Pratt Institute）で、デザインとアートを学んでいます。ワイスガードの造形性やデザインと、ブラウンの観察眼、言葉がうまく融合してできた絵本ということになります。

絵本は、文字の組み方—デザインでは「タイポグラフィ」という言い方をしますが—によっても、見え方が随分違ってきます。タイポグラフィによって、音の感じ方が違うことを、ブラウンとワイスガードは試みているわけです。

犬の鳴き声や動きも、オノマトペを使いながら表現していますが、テキストをどう配置するかというのも大事なのです。イラストレーションで空間の気配を、タイポグラフィで音のリズムやノイズを感じさせます。全ての要素が相互に作用して絵本の魅力をつくり出しています。

ここから日本語版[18]をお見せします。あえて英語版と日本語版、両方出したのは、見え方が全く変わるからです。当たり前のことですが、ここが文字—書体の難しいところです。英語版の場合は、タイポグラフィによって、そこにいろいろな音やリズムを感じとっていくことができるのですが、日本語版になると、確かに組み方は似ていますが、ちょっと違うということになります。文字にも音のイメージや感情が含まれていますから。

これは今でもできなくはないと思うのですが、書体の工夫や手書き文字にしてほしいと思うことがあります。ガアグも日本語版のスライドでしたが、元は手書き文字です。手書きの文字と絵が一体的に表現されている方がいいです。それは見え方の問題ではなく、画面からの感じ方です。この日本語の書体と先ほどの英語の書体を比べると、どうしてもこの書体に違和感があります。この違いを見てもらうために、両方見てもらっているのです。日本のマンガは文字に音や感情を込めて、とてもうまく使っていると思いますが。

ここでもう一つ言いたいことは、テキストは、単純に大きいから読みやすいという問題ではないということです。それを子どもが見たときにどう感じるかということを前提に書体を選び、組むべきだと思っています。そのように全体で見たときにはじめて、絵との関係も生まれてくるのだと思っています。

『100ぴきのひつじ』[19]という随分前に出版された絵本があります。この絵本のテキスト、パッと見たら普通の明朝体に見えるのですが、よく見た

17　Margaret Wise Brown, illustrated by Leonard Weisgard, *The Country Noisy Book*, 1940.

18　マーガレット・ワイズ・ブラウン 文, レナード・ワイスガード 絵, 江國香織 訳『なつのいなかのおとのほん』ほるぷ出版, 2005.

19　小野寺悦子 文, 樋泉雪子 絵『100ぴきのひつじ』（「こどものとも年中向き」1985年10月号）, 福音館書店, 1985.

ら手書きです。一度活字で組まれたものを鉛筆でもう一度上からなぞって書き直しているのです。なぜこうしたか作者に聞いてみたら、「手書きじゃないとこの感じは出ないんです」「パッと見たら分からないかもしれないけれど、よく見たら柔らかい鉛筆の跡が見えるでしょ」と。文字の大きさも部分的に変えたり、組み方にも変化を持たせたりしています。

　こういうところがデザインなのです。形やレイアウトだけの問題ではなく、どのようにすれば感情が伝わるかを考えるのです。今のデザインでも、手書きの文字をもっと使ってほしいと考えています。なくはないですが、もっと使ってほしい。かつて翻訳された絵本も、改めて手書きの良さを再現することは可能だと思っています。作、絵、に加えて、タイポグラフィ、あるいはデザイン：だれだれ、というのがあってもいいのではないでしょうか。

　次に、これはクレメント・ハードの『おやすみなさい おつきさま』[20]です。絵を担当したハードは、セントポールズスクールで美術に親しみ、後にイエール大学で建築を学んでいます。

　これもブラウンならではの表現です。言葉はすごく少ない。しかし、その少ないということがマイナスになっていません。

　部屋の中、淡々と一つのものを見ていきながら、「おやすみなさい」と順番に言っていく、最初にお話しした、対話性やそこで生じる〈こと〉を大切にした絵本です。周りのものと自分とが繋がっていることの確認ですが、言葉が絵と結ばれて、全体へと関係付けられていく。一つ一つの言葉が繋げていくための重要な役割を果たしています。ブラウンが言葉だけでなく、1冊の絵本として構想していたことがうかがえます。これもブラウンとハードの協同による、計算されたデザインということになります。

　ページをめくるとカラーとモノトーンが交互に現れる、それをいかしているということについては、『絵本とイラストレーション』に書いてあるので読んでみてください。要するに、印刷するときに表をカラー、裏を1色で刷って本にするとこうなるわけです。これは経済的な効率面もありますが、ブラウンはそれをうまく生かしているわけです。

　これはジャン・シャローの『おやすみなさいのほん』[21]ですが、ここでは、少し違うことをお話しします。

　ジャン・シャローは、フランスで生まれ、メキシコとアメリカで活躍しましたが、メキシコでは画家・版画家として活動し、石版画を通して印刷技術を熟知していました。絵本でも印刷の再現性にすごくこだわっていました。原画から4色分解で写真製版することによって、全て網点になってしまうのを嫌ったのです。だからといって、版画のようにはいかない。そこで取り入れたのが直接アセテートフィルムに描画し、フィルムを直接版に焼き付ける方法です。石版画の効果を引き出すためですが、版画家としての経験が描画するときのクレヨンのタッチや色の重ね方にいかされています。このような手法は、描き版と呼ばれた当時の一般的な絵本の印刷です。廉価にするためですが、1940年代、50年代に多く見られます。シャローの絵本が異なるのは、自らフィルムに描いたことです。4枚のフィルムに描き分け、レイヤーを重ねるように色を重ねています。絵本の表現に対するこだわりです。その結果生まれたリトグラフのような表現です。

3　絵本を視覚言語、コミュニケーション・デザインから考える

　時間がありませんので、ここは簡単に触れながらまとめたいと思います。言語は書き言葉や話し言葉だけではない、コミュニケーション行為を媒介するものという話をしてきました。その視覚言語について体系的にまとめたのが、ギオルギー・ケペッシュの『視覚言語』[22]です。視覚理論、時空間理論を前提に視覚表現全般を新しい視点から表しました。バウハウス教育の論理的根拠と実際的技術を集大成したもので、視覚芸術の分野で注目

---

20 Margaret Wise Brown, illustrated by Clement Hurd, *Goodnight Moon*, 1947.

21 Margaret Wise Brown, illustrated by Jean Charlot, *A Child's Good Night Book*, 1943.

22 Georgy Kepes, *Language of Vision*, 1944.

されました。

　1950年代は、グラフィックからヴィジュアル・コミュニケーション・デザインに思考の傾向が変化していた時期です。ケペッシュの『視覚言語』がデザイン教育の現場に定着し、その後の実験的な表現に繋がっていきます。

　それ以前にオットー・ノイラート（Otto Neurath, 1882-1945）のアイソタイプがありますが、視覚言語を考える上で無縁ではありません。ノイラートは、絵や図は直接事物に対応しているとして図を記号化し、世界共通の言語にすることを考えたのです。それを表したのが『国際図説言語』[23]です。図記号は、概念を絞り込むことは難しいですが共通感覚に働きかけることができます。人も形を少し変えることで男性、女性、子どもになり、集めれば集団です。形や色を関係付けることで冷たい水、熱い水、飲めない水など状態を示すこともできます。交通標識、トイレのサイン、オリンピック競技のサインなど、今でも幅広く使われています。

　視覚表現は、記号から具象的な表現まで幅があり、表現する側の考え方や目的、対象の定め方によって、多様性があります。ケペッシュは、絵画から写真、映像など視覚表現を分類、分析し、視覚表現の可能性を提示したのです。日本では、1960年世界デザイン会議（東京）のために来日したヘルベルト・バイヤー（Herbert Bayar 1900-1985）、ブルーノ・ムナーリ、ソール・バス（Saul Bass, 1920-1996）の講演をきっかけに、視覚言語、ヴィジュアル・コミュニケーションの考え方が注目されました。

　アメリカのデザイン教育が変化していく中で、ヴィジュアル・マガジンや広告などの分野で活躍していたデザイナーが、絵本に着目したのも不思議なことではありません。言語活動が未成熟な子どもたちに、視覚表現によるコミュニケーションの可能性を試みようとしたのです。

　これは1952年に出版されたジュリエット・ケペッシュ（Juliet Kepes, 1919-1999）の絵本です。日本ではあまり知られていないかもしれませんが、実はギオルギー・ケペッシュの夫人です。結婚後夫とともにアメリカに移住し、シカゴ・ニュー・バウハウスでは学生としてケペッシュから直接学んでいます。ですから視覚言語の考え方を徹底的に実践した一番弟子のような人です。この Five Little Monkeys [24]は最初の絵本ですが、日本語訳されている『ゆかいなかえる』[25]でも、絵で何が語れるかということを徹底的に実践しています。Five Little Monkeys を見ると、テキストは長いですが、よく読んでいくと、絵で語れることをすごく意識して考えられています。独特の色彩と動きのある画面が特徴で、単色の画面では日本の墨絵の影響も見られます。これも図書館にあるでしょうから、ぜひ見てみてください。

　子どもと共有できる言語ということで、レオーニも紹介したいと思っていたのですが、時間がないので割愛します。『絵本とイラストレーション』に書いていないところだけ少し紹介しておきます。

　『あおくんときいろちゃん』[26]ですが、言葉が単純な形に意味を与え、さらに形と形、場面と場面を言葉で繋いでいきます。言葉と形の役割を極限のところで実験しているように思えます。この絵本では、言葉も形も最小限のことしか語っていません。抽象化が極限まで進むと概念しか示しません。例えば輪郭線だけで描かれた「リンゴ」と文字として書かれた「リンゴ」は、どちらも「リンゴ」という概念を伝えるだけで、機能に大きな違いはありません。距離の近い記号になっていきます。先ほどのアイソタイプもそうです。ところがどちらも修飾したり、装飾したりすると意味やイメージが変化していきます。「赤いリンゴ」と書いた文字、赤い色の付いたリンゴの絵、微妙に変化していきます。「長野から送られてきた真っ赤な大きなリンゴ」になると、意味はさらに広がって規定されていきます。言葉と形は、異なったものでありながら、元々は近接しているのです。

　レオーニは、その関係性を視覚言語の視点から表しています。青いちぎり絵は、「あおくんです」

23　Otto Neurath, *International Picture Language*, 1936. オーストリアの経済学者オットー・ノイラートが国際的に共有できる図記号を考案。

24　Juliet Kepes, *Five Little Monkeys*, 1952.
25　ジュリエット・キープス 作、石井桃子 訳『ゆかいなかえる』福音館書店、1964. (Juliet Kepes, *Frogs Merry*, 1961.)
26　レオ・レオーニ 作、藤田圭雄 訳『あおくんときいろちゃん』至光社、1967. (Leo Lionni, *Little Blue and Little Yellow*, 1959.)

という言葉によって動き始めるのですが、読者にイメージの隙間を埋めることを委ねるのです。

一方、『あかいふうせん』[27]では、形の変化から言葉や意味を引き出します。「あかいふうせん」は、抽象化されていても、ある程度「ふうせん」であることが分かります。「リンゴ」も同様です。イメージは、どんな形のものでも、どこかで現実の具体的な形と結びついています。その形が普遍的かどうかです。絵文字や象形文字を想像してみてください。

今日一番伝えたかったのは、絵本をデザインの視点から見ていくと、見え方が変わるということです。それと、時代的な背景や環境との関係で絵本は作られていますから、一人の作家だけでなく、同時代の作家や表現思潮と合わせて見る必要があります。デザインと絵本の関係はまだまだギャップがあるように思います。

例えばこの『アンリくん、パリへ行く』[28]に関しても、最近ようやく日本語版が出版されました。絵を楽しむ、想像を膨らませる、ということでデザインの分野では評価の高い絵本です。しかし、細部を描かないシンプルな形に抵抗があるようです。デザイナーの遊び、と捉えられることもあるようです。ソール・バスは、1944年から45年にギオルギー・ケペッシュから直接学んだ「視覚言語」の実践者です。映画のタイトル・バックで有名ですが、ロゴタイプやロゴマークもたくさん手がけ、コーセーや紀文のロゴタイプとマークは今も使われています。絵本は残念ながらこの1冊だけです。

この絵本を細かく見ていくと、細部まで計算されて構成しています。小さな村とパリを常に対比させています。この左側のページがパリです。パリの中には人がいっぱい、というところでは大勢いますがみんな顔が描かれていません。同じ形のものも幾つかあり、みんな無表情です。パリの中の群集は個性じゃなく、集団として描いています。大都市パリの全体像であり、アンリくんが想像する世界だからです。でも、右側のページのアンリくんの住む小さな村では、パン屋さんも郵便屋さんも顔はないけれど、顔の中に言葉を入れてその人の特徴を表しています。この絵本では基本的にアンリくんを含め人の顔が出てきません。こういう表現も面白いところです。それなのに、パリの動物園にいるライオンやサルなど動物の顔はユーモラスに描いています。動物には顔があるのになぜ人には顔がないのだろうと子どもは思うかもしれません。そのときには分からなくても、いつか、なんで顔がなかったのだろうと考えることもあるでしょう。

この絵本は、本質的な要素に形を還元することで、読み手の想像力と創造力を膨らませてくれるのです。そのために細部の描写を取り除き、アンリくんの顔も隠してしまう。先ほどの言葉と形の相互作用、そこで起こる〈こと〉を大事にしているからです。

次にシーモア・クワスト（Seymour Chwast）を紹介します。日本ではあまり知られていないかもしれませんが、プッシュ・ピン・スタジオで活躍した著名なイラストレーターでありデザイナーです。*Graphis*[29] というデザイン雑誌があるのですが、絵本を紹介することも多く、絵本特集の別冊も出版していました。1970年代の後半に、クワストがその中で興味深い記事を書いていました。商業的な仕事ばかりをしていると、どうしてもクライアントを意識せざるを得ない。それに対して、絵本は自分の考え方を素直に出せるうえに、子どもと直接触れることができるし、反応も返ってくる、というようなことを言っています。何冊か出版していますが、わずかな仕掛けを施した、子どもを楽しませようという絵本です。

最後にポール・ランド。このポール・ランドもアメリカを代表するグラフィック・デザイナーです。ランドの絵本は何冊か日本語版が出ています。1936年から41年まで *Esquire* のアートディレクターを務め、1974年から長い間イエール大学で教鞭を執っていました。

この『きこえる！ きこえる！』[30]もとても面白

27　イエラ・マリ 作『あかいふうせん』ほるぷ出版, 1976. (Iela Mari *Il palloncino rosso*, 1967.)
28　ソール・バス 絵, レオノール・クライン 文, 松浦弥太郎 訳『アンリくん、パリへ行く』Pヴァイン・ブックス, 2012. (Saul Bass, *HENRI'S WALK TO PARIS*, 1962.)

29　*Graphis*, Amstutz and Herdeg, 1944-2005.

い絵本です。読む人の知覚に働きかけるのですが、イラストレーションと言葉から音を感じ取ることができます。ボールが板に当たって割れた時の音が画面から想像できるわけです。言葉が大切な役割を果たしているのですが、形や色は、想像力を引き出すための導入です。イラストレーションがあることで、想像が広がるのです。最後は自分が転んで、「どさん」という音で感覚を刺激します。

ポール・ランドの言葉を紹介して終わりにします。[31]

> グラフィック・デザインは陳腐な味のない絵を強調するのではなく、意義深い形、意味深長な着想、メタファー、ウイット、ユーモア、それに視覚認知の行使に力点が置かれる（略）。

> 体験豊かなデザイナーはある種の先入観で仕事を始めることはない。むしろ着想は細心な観察の結果であり（あるいはあるべきであり）、デザインは着想の産物である。

> デザイナーは体験し、知覚し、分析し、組織し、象徴化し、統合するのである。

すごくいい言葉でしょう。1960年代、1970年代に、デザイナーは本質的な問題を考え、コミュニケーションや知覚、それに子どものことや絵本について思いをめぐらせていたのです。改めて、デザインの概念をもう一度振り返りながら絵本について考えていただきたいと思います。

今日はこれで終わりたいと思います。

（いまい　よしろう）

30　アン・ランド 文, ポール・ランド 絵, 谷川俊太郎 訳『きこえる！きこえる！』集英社, 2007. (Ann Rand, illustlated by Paul Rand, *Listen! Listen!*, 1970.)
31　引用について、以下。ポール・ランド 著, 新島実 訳・監修『ポール ランド, A デザイナー'ズ アート』朗文堂, 1986, pp.16, 18.

「絵本とグラフィック・デザイン―デザイナーの絵本を中心に―」紹介資料リスト

（本館） → 国立国会図書館東京本館で所蔵
（デジタル化） → 「国立国会図書館デジタルコレクション」（館内・図書館送信対象館内限定公開）
注：デジタル化図書については、原則として原本はご利用いただけません。

No.	書名	著者名	出版事項	請求記号
1	100まんびきのねこ	ワンダ・ガアグ 文・絵 いしいももこ 訳 家庭文庫研究会 編	福音館書店, 1961	児726-cG13h （デジタル化）
2	The Country Noisy Book	by Margaret Wise Brown illustrations by Leonard Weisgard	Harper & Row, c1968	Y17-B5415
3	なつのいなかのおとのほん	マーガレット・ワイズ・ブラウン 文 レナード・ワイズガード 絵 江國香織 訳	ほるぷ出版, 2005	Y18-N05-H283
4	おやすみなさいおつきさま	マーガレット・ワイズ・ブラウン さく クレメント・ハード え せたていじ やく	評論社, 1979	Y17-6637
5	おやすみなさいのほん	マーガレット・ワイズ・ブラウン ぶん ジャン・シャロー え いしいももこ やく	福音館書店, 1962	Y18-M98-332
6	Two little trains	by Margaret Wise Brown pictures by Leo and Diane Dillon	HarperCollins Publishers, c2001	Y17-A7974
7	The Snow and the Sun	Antonio Frasconi	Harcourt, 1961	所蔵なし
8	Five Little Monkeys	Juliet Kepes	Houghton Mifflin, 1952	所蔵なし
9	ゆかいなかえる	ジュリエット・キープス 文・絵 いしいももこ 訳	福音館書店, 1964	Y17-30
10	あおくんときいろちゃん	レオ・レオーニ 作 藤田圭雄 訳	至光社, 1967	Y18-N04-H85 （デジタル化）
11	The alphabet tree	Leo Lionni	Pantheon, c1968	Y17-A4327
12	あかいふうせん	イエラ・マリ 著	ほるぷ出版, 1976	Y17-5271
13	木のうた	イエラ・マリ さく	ほるぷ出版, 1977	Y18-M98-328
14	アンリくん、パリへ行く	ソール・バス 絵 レオノール・クライン 文 松浦弥太郎 訳	Pヴァイン・ブックス, 2012	Y18-N12-J280
15	Still Another Alphabet Book	Seymour Chwast and Martin Stephen Moskof	McGraw-Hill, [1969]	所蔵なし
16	きこえる！きこえる！	アン・ランド ことば ポール・ランド え たにかわしゅんたろう やく	集英社, 2007	Y18-N07-H203

17	きりのなかのサーカス	ブルーノ・ムナーリ 作；八木田宜子 訳	好学社, 1981	Y17-7775
18	視覚言語	G.ケペッシュ 著；編集部 訳	グラフィック社, 1973	K22-15（東京本館）
19	絵本とイラストレーション	今井良朗 編著；藤本朝巳, 本庄美千代 著	武蔵野美術大学出版局, 2014	KC511-L35

> レジュメ

絵本というメディアの可能性

松本　猛

1　絵本は子どものための本か
　日本の絵本の読者
　いつから絵本が子どものための本といわれるようになったか
　スウェーデンの思想家エレン・ケイ『児童の世紀』（*Barnets århundrade,* 1900）
　　　＜子どもは大人の未完成なものでも未成熟なものでもない。教育を通して子ども
　　　の権利は保障され、生来の資質と個性は開発されなければならない。＞
　『世界図絵』（コメニウス）（*Orbis sensualium pictus,* 1658）がなぜ子どもの本の起源といわれるのか

2　絵本の起源と20世紀までの歴史
　古代エジプト　死者の書（BC16C）
　中国・東晋　女史箴図　顧愷之（4C）
　マヤ文明　グロリアコデックス（13C　マヤ文明はBC3000から）
　イスラム文化圏　ミニアチュール

　日本
　絵巻物　12C　平安時代に普及
　　　信貴山縁起　源氏物語　鳥獣戯画 etc.
　奈良絵本　15〜16C 室町後期〜江戸初期

　江戸絵本（絵草子）のメディアとしての役割
　喜多川歌麿『吉原青楼年中行事』（1804　風俗絵本　十返舎一九）
　葛飾北斎『富岳百景』（1834）
　歌川国芳　風刺　風俗

　ヨーロッパの時祷書　中世
　イギリス19世紀の豪華版絵本

3　現代日本絵本の機能　　発達心理の側面
　幼児に読み聞かせるものとしての絵本
　　『絵本の魅力　その編集・実践・研究』（無藤隆ほか 著　フレーベル館, 2017）
　先進国での絵本の普及
　　日本ではこの半世紀で読み聞かせの習慣が定着した。
　　背景：第二次ベビーブーム　1960年代後半

〈共同注意〉としての絵本
　　他者の注意の所在を理解し、その対象に対する他者の態度を共有すること
　　自分の注意の所在を他者に理解させ、その対象に対する自分の態度を他者に共有してもらう行動。
　　9か月ころから出現　指さし行動　対象の共同化　⇒　意味づけ　価値づけ
　　読み聞かせの意味　動かない絵に関しては数十秒で飽きる。声の変化が注意を喚起

〈命名ゲーム〉としての絵本　一歳半
　　親が指さして名前を言う。子どもがそれを見て似た発音をする。
　　親が受け入れて名前を繰り返す。次第に子供が指さして命名するようになる。
　　ジェローム・S・ブルーナー
　　図鑑絵本は命名ゲームの高度化

〈予測確認の喜び〉としての絵本
　　なぜ子どもは同じ絵本を繰り返し読みたがるのか？
　　『いないいないばあ』『はらぺこあおむし』『てぶくろ』『わたしのワンピース』
　　『おおきなかぶ』　長新太の絵本

★発達心理において絵本のクオリティーは意味を持たないのか

　　『いないいないばあ』（松谷みよ子 文　瀬川康男 絵　童心社, 1967）
　　おもちゃ絵本　遊びの再現
　　一見シンプルにみえる動物たちの姿に独特のマチエールを与える意味。
　　『はらぺこあおむし』（エリック・カール 作　森比左志 訳　偕成社, 1976）（*The very hungry caterpillar,* 1969）
　　おもちゃ絵本
　　美術史とのつながり　印象派のタッチ、16～17世紀フランドル派の精密な絵のタッチ
　　『わたしのワンピース』（西巻茅子 作　こぐま社, 1969）
　　パターン化　リズム　単純化の意味

　　繰り返し読むことの意味　視覚的発見の意味　音楽性との関連

　　すぐれた絵本の絵を描くアーティストの持つ魅力は、今まで十分には絵本の世界では語られてこなかった。

4　絵本というメディアの情報伝達能力
　① 歴史絵本　歴史書としての絵本の可能性
　　絵本でなければ表現できない歴史。絵本で歴史を描くことに意味
　　視覚情報量　絵巻物　江戸絵本　資料的価値と美術的価値

　　(1) 『絵で見る日本の歴史』（西村繁男 作　福音館書店, 1985）
　　　　横長の画面、俯瞰

文章は見開きの下段に一行だけ、120字以内。巻末に解説ページ。そこには本文と同じ絵の線描画があり、画面中に何が描かれているかの記述がある。

歴史的事件の羅列ではなく、庶民の生活が時代とともにどのように変化するかがテーマ。西村の〈観察絵本〉『にちよういち』(童心社, 1979)『おふろやさん』(福音館書店, 1983)『やこうれっしゃ』(福音館書店, 1983)の発展形態。

無数の人物を描き込んだ斜め上からの俯瞰表現は絵巻物の基本スタイル。

古墳時代

神戸市の五色塚古墳がモデル。膨大な労働力を必要とする工事は、労働力が確保しやすい農閑期に行われたと考えられている。西村はこの場面を描くにあたって冬の景色を選んだ。

平安時代　貴族の館の場面

絵巻物などの画像資料を元によりリアルなイメージを展開する。場面設定の意味。歴史資料に基づいて描かれているが、全体の構図や人物の動きは画家のオリジナル。

平安時代　祭の行列が描かれた場面

「年中行事絵巻」を参考にした稲荷祭。絵巻との違い。生活描写に力点を置く。リアリティーを意識し、ディテールに意味を持たせる。

平安時代　源平合戦の場面

「後三年合戦絵巻」「平治物語絵巻」「北野天神縁起絵巻」「蒙古襲来絵詞」などが参考資料。場面は夕日に染まった海辺の戦いの様子。貴族社会、平氏の時代の終わりを暗示。

(2) 『百年の家』(ロベルト・インノチェンティ 絵　J.パトリック・ルイス 作　長田弘 訳　講談社, 2010)(*The house*, 2009)

時代考証へこだわった定点観測歴史絵本。

1656年に建てられた小さな石造りの家の物語。家の一人称で語られる。物語は、1900年に廃屋だった家を子どもたちが見つけるところからはじまり、20世紀の終わりに解体され幕を下ろす。家の姿を通して描く100年の歴史。

・地域が特定できる
・登場人物の生涯を描く
・時代の描写　経済状態　戦争など

★その他の歴史絵本。

『絵で見るある町の歴史　タイムトラベラーと旅する12,000年』(スティーブ・ヌーン 絵　アン・ミラード 文　松沢あさか, 高岡メルヘンの会 訳　さ・え・ら書房, 2000　第48回産経児童出版文化賞大賞を受賞)(*A street through time*, 1998)『百年の家』が歴史を素材にしたアート作品だとすれば、同じ定点観測の手法で描かれているが、より図鑑に近い知識絵本の性格を持つ。(類書『絵で見るある港の歴史』(*A port through time*, 2006)や『絵で見るナイル川ものがたり』(*Story of the Nile*, 2003))

『ちいさいおうち』(バージニア・リー・バートン 作　石井桃子 訳　岩波書店, 1954)(*The Little House*, 1942)も定点観測の歴史絵本。

『旅の絵本』(安野光雅　福音館書店, 1977)も歴史絵本としての性格を持つ。この絵本は、社会事象から芸術作品まであらゆるものを絵のなかにひそませる。

② 自然と地球環境をテーマにした絵本
　知識絵本・科学絵本の大半は自然をテーマにしている。
　地球そのものを扱ったものを見ただけでも、地質学や地理学や気象学など多岐の分野にわたる。
　動物というテーマだけでも原生動物から昆虫、魚類、爬虫類、哺乳類までその種類は膨大である。もちろん植物についても数えきれないほどある。
　科学絵本と意識されていない絵本のなかにも、実は自然や環境がかくされたテーマとして描かれている絵本は相当な数に上る。

(1) 『14ひきのあさごはん』（いわむらかずお 作　童心社，1983）他3冊
　　ミリオンセラーの『14ひきのあさごはん』をはじめ『14ひきシリーズ』全12巻は野ネズミの大家族が大自然の中で生活する姿を描く。
　　現代の子どもたちが受け入れるこの家族の生活スタイルは、昭和初期から中期にかけてのもの。現代の便利な生活とはかけ離れているが、子どもたちは本能的に、そこに人間の原初的な生きる喜びがかくされていることを感じとる。

(2) 『ピンク、ぺっこん』（村上康成 作　徳間書店，2000）
　　村上康成の絵といわむらかずおの絵との違い。いわむらの絵が、実際の姿に忠実に、図鑑としても役立つくらいに正確に描かれているのに対し、村上の絵は、大幅に単純化、デフォルメされている。単純化、デフォルメは不正確な描写か。
　　動物の特徴を強調することの意味
　　生態系の描写
　　正確な季節の描写
　　地域の特定

(3) 『ピンク！パール！』（村上康成 作　徳間書店，2000）
　　魚の特徴を使って、生態系の破壊に警鐘を鳴らす、メッセージ性の強い絵本。
　村上康成の言葉
　　「長良川に河口堰というダムが造られることになって。僕は長良川の上流の郡上八幡で生まれて育ったものですから、豊かな自然とのつながりを感じていたんですけど、そこにダムができてしまうということで、当時大反対をしていました。その大反対のことをこういう絵本にしてしまっていいのかというのもあったし、やっぱり読んで希望が湧くものにしたいというただそれだけであったので、どうにかこの3冊目を出版したいなと、ピンクとパールにダムを跳び越えさせた。」（対談「絵本表現の模索〜受賞作品『ピンク！パール！』を通じて」にて，千葉市美術館「2016絵本フォーラム　BIB50周年ブラティスラヴァ世界絵本原画展と日本の絵本50年」，2017.2.4.）

5　絵本のテーマの拡大と社会的役割の拡大
　現代の絵本は、歴史と自然に限らず、絵本が視覚情報を活用することによって、文字情報中心のメディアとは違ったメディアとして表現の幅を広げている。その分野は、戦争と平和、核と原発、多文化共生、貧困・差別、生と死・老い、人権・ジェンダー等々従来の絵本が扱わなかった分野に踏み込んでいる。

『ぼくは くまのままで いたかったのに』『うさぎの島』『ふたつの島』（イエルク・シュタイナー 作　イエルク・ミュラー 絵　大島かおり 訳　ほるぷ出版，1978, 1984, 1983）
『エゾオオカミ物語』（あべ弘士 作　講談社，2008　図　表紙）
『しまふくろうのみずうみ』（手島圭三郎 作　リブリオ出版，2001　図　表紙）

　昔話、民話、童話、児童文学、教育という概念の中で語られることが多かった絵本は、新しい価値観でとらえる必要が生まれてきている。
　社会的役割についても、教育分野での役割はもとより、病院、介護施設での役割も大きくなっている。
　21世紀の絵本は、20世紀に確立された「子どものための絵本」の範疇から踏み出しつつある。
　50年前には美術として認識されなかった絵本だが、絵本専門の美術館が30館以上になり、公立美術館での絵本原画展は当たり前になった。
　芸術ジャンルとしての絵本の認識も拡大されつつある。

絵本というメディアの可能性

松本　猛

皆さんこんにちは。今日は「絵本というメディアの可能性」というテーマでお話しします。

1　絵本は子どものための本か

絵本の裏表紙には、Cコードといわれるものが印刷されています。このCコードは、書店員さんたちがどの書棚に置いたら良いか考えるときに参考にします。Cコードの最初の数字は販売対象を表します。8というのは児童書です。実はほとんどの絵本のCコードは8から始まります。

僕は数年前に『白い馬』[1]という東山魁夷の絵を使った絵本を作ったのですが、この時は、美術書の類だと判断されて8の児童書ではなく一般書の番号が付いてしまいました。僕は東山魁夷の絵本を子どものためにも見てもらいたいと思って作ったのですが、Cコードが8ではなかったために、美術書のところに配架されてしまったということがありました。

今日はメディアという観点から話をするわけですが、この「絵本は子どものための本なのだろうか」ということを頭の中にちょっと置いてください。ちなみに、漫画についていえば、対象年齢はいろいろです。例えば「少年マガジン」[2]や「少年サンデー」[3]は、当初読者として想定されていた世代の人たちの年齢が上がるにつれて、雑誌の対象年齢も上がっていきました。漫画は、今では大人から子どもまで、あらゆる世代の人たちを対象としています。絵本と漫画は形態としては非常に近いのに、漫画が幅広い年代の人を対象にしている一方で、なぜ絵本は子どものものとされることが圧倒的に多いんだろうか、という疑問が出てきます。

そこで、いつから絵本は子どものためのものになったのか、という話から始めます。

これは御存じの方も多いと思います。『世界図絵』[4]ですね。作者はコメニウス（Johann Amos Comenius, 1592-1670）という、今のモラヴィア地方（チェコ共和国東部）の人です。多くの場合、この本が絵本の起源だといわれています。特に絵本について勉強した方たちは、そのように学んだ人が多いと思います。

この本は、見開きの左側に絵があって、右側にその内容に関する説明が書かれています。つまりこれは、絵付き百科事典です。当初はラテン語・ドイツ語で出版され、その後何百年にもわたって出版されていきます。今画像で示しているものは1833年に印刷されたもので、ちひろ美術館で所蔵しています。この版では、5か国語で書かれています。つまり、1枚の絵があるので、解説に使われる言葉が違っても書いてある情報が理解できる。これは、語学を勉強するにはとても有効ですよね。そういうものが『世界図絵』なのですが、これは子どもの本かというと、必ずしもそうではない。なぜこれが絵本のルーツと呼ばれるのか。

このことを考えるときに重要なのが、絵本という本が、実は20世紀から子ども向けになったということです。スウェーデンの思想家のエレン・ケイ（Ellen Key, 1849-1926）という人が、『児童の世紀』（*Barnets århundrade*）[5]という本の中で、子どもは大人の未完成なものでも未成熟なものでもな

---

[1]　松本猛 文・構成, 東山魁夷 絵, 東山すみ 監修『白い馬』講談社, 2012.
[2]　『週刊少年マガジン』講談社, 1959-。
[3]　『週刊少年サンデー』小学館, 1959-。
[4]　Johann Amos Comenius, *Orbis sensualium pictus*, 1658.
[5]　Ellen Key, *Barnets århundrade*, 1900.

い、教育を通して子どもの権利は保障され、生来の資質と個性は開発されなければならない、といったような内容を述べています。

このように、20世紀になったころから、子どもの個性・人格が認められ、権利が保障されてきます。20世紀以降、子どもの教育が本格的に考えられるようになるということです。

そうすると、子どもの本としての絵本が爆発的に普及しはじめます。その理由や、19世紀以前の絵本に関しては後で触れます。今ここでは、絵本が子どもの教育と非常に深く関わって発展したんだということを、頭に置いておいてください。

こうした背景から、教育書のルーツが絵本のルーツだと考えられるようになりました。つまり、『世界図絵』というのは世界で最初の絵入りの教育書であるという意味で、世界最初の絵本であると考えていただいた方がいいと思います。

一方で、絵本というのは絵と言葉とが一体化して、一つの表現形態を作っています。この表現形態に着目したときに、一番古いのは『世界図絵』なのかというと、これは違います。絵本の起源と20世紀までの歴史をこれから考えたいと思います。

2 絵本の起源と20世紀までの歴史

これは古代エジプトの「死者の書」のうち、『アニの書』と呼ばれるもので、大英博物館に収蔵されています。「死者の書」とは、死後の世界への案内書です。ここに描かれている絵は元々、王や王族の死後の世界への案内として、石棺が置かれている部屋の壁面に描かれていたもので、それが巻物になったのが「死者の書」です。巻物になった「死者の書」は絵と言葉とで物語が展開していきます。さらに時代が下ると、パピルスに描かれた「死者の書」が、王族だけではなく高位の貴族の手にも渡るようになったといわれています。

このパピルスに描かれた「死者の書」は、絵入りの書物と言っていいでしょう。そうすると、絵入りの書物が古代エジプトの時点で成立していたと考えることができます。形式からいうと、この「死者の書」は巻子本（かんすぼん）といえますから、これは本の一種です。そうやって考えると、絵と言葉で物語が展開する絵本は古代エジプトに起源を発するといえるでしょう。

次の画像は顧愷之（こがいし）（344?-405?）の描いた画巻です。『女史箴図』（しん）[6]といって、宮中の女官の心得を諭すものです。

4世紀の時点でこれだけ高いレベルの画巻があったということは、おそらくもっと前からこれに近いものが出てきていただろうと考えられます。ということは、中国の歴史の中でも、かなり古い時代から絵本に類するものが生まれてきていたと考えていいでしょう。

これはマヤ文明の「グロリアコデックス」（Codex Grolier）[7]というものです。コデックスというのは文書という意味ですが、皆さんも御存じのようにマヤ文明は文字を持っていないといわれています。ですので、神話などをこのように絵で記録し伝承していったようです。これは13世紀のものです。どの時期からこの手のものが出てきたのかは分かりませんが、13世紀以前からあった可能性は十分に考えられるだろうと思います。

これはミニアチュールです。これはヒンドゥー教のものですけれども、イスラムの世界でも同様に、絵で物事を語っていくものがあります。

こうやって考えると、世界中のどこでも、実は『世界図絵』よりもずっと前から、絵本はあったのだといえるでしょう。

もともと美術というものは、物語と一体化しています。例えば、教会にあるキリスト教の絵画や像を思い浮かべてください。あれは全部キリストの物語を元にしたものです。我々が桃太郎のある一場面を見れば前後のストーリーが分かるように、キリスト教徒の人たちは作品を見ればその場面の前後のストーリーが分かります。つまりキリスト教美術は絵解きです。そうやって考えると、美術というのは本来、物語と一体化して発展してきている、といえます。

さて、日本はどうだったのかというと、日本で最初に絵巻物の形をとったのは、8世紀の『絵因果経』（『過去現在因果経』）[8]だといわれています。

6　中国、西晋の張華(232-300)が宮廷に仕える婦女に倫理道徳を説くためにまとめた書『女史箴』を絵画化したものとされる。
7　マヤ文明において作成された絵文書の一つ。

これは今、この国際子ども図書館の展示室にも展示されているものです[9]。今お見せしている画像は大正時代の復刻本です。

　この絵巻物が最も発展するのは12世紀です。今お見せしているのは『信貴山縁起絵巻』[10]という絵巻ですけれども、このほかにも『源氏物語絵巻』[11]や『鳥獣戯画』（『鳥獣人物戯画』）[12]等、とんでもなくすばらしいレベルの絵巻物があります。

　これについて高畑勲さんは、「スポンサーがいたはずだ」という言い方をしています。それは後白河法皇（1127-1192）だろうと。あのとんでもなくすごい人がいなければ、こんなにもお金をかけて絵巻をつくるわけがないというのが彼の説です。いずれにしてもこの時代に大変すばらしい絵巻が登場します。

　これは『信貴山縁起絵巻』の山崎長者巻です。この場面、何やら大騒ぎをしています。信貴山に住む命蓮上人が、金色の鉢を飛ばしてお布施を入れてもらうということをしていたのですが、けちな長者は、お布施を入れることを拒否したんです。そうしたら長者の蔵の扉が勝手に開いて、長者やその家族、家来たちが大騒ぎをしているという場面です。

　これはその続きの場面です。長者や家族、家来が何かを追いかけています。ここに描かれている人たちの一部は、前の場面にも描かれています。つまり、連続した画面の中でも、場面が進むと同じ人がまた出てきます。これは『鳥獣戯画』も同じです。どういうことかというと、違う場面が一枚の画面の中に描かれている、つまり異時同図の技法を使ったイメージがここに展開されているということです。

　これはさらに続きの場面です。さっきの金色の鉢が蔵を中身ごと持ち上げて、空に浮かんでいる。みんなは慌ててそれを追いかけています。

　ちなみに絵巻物というのは大体、肩幅よりちょっと広いくらい、60センチくらいに広げて巻きながら見ていくといわれています。

　このように、絵巻物では次々に場面が展開していきます。『信貴山縁起絵巻』については、元はこの場面の前に詞書があったという説と、元から詞書はなかったという説があるのですが、現存しているものは詞書なしで始まっています。いずれにしても、詞書があってもなくてもストーリーが絵で分かるというのがこの絵巻物です。御覧いただけば分かると思いますが、人物の描写がものすごく面白いんです。当時の漫画といってもいいような、自由自在な、闊達な絵で物語が展開しています。

　これは『源氏物語絵巻』です。源氏物語絵巻は、まず物語があって、次に和歌があって、最後に絵が出てくるという構成になっていることが多いです。つまり、和歌の世界を絵で展開しています。先に物語を文字で読んだ後に、この絵を見ながらいろいろと感じるということです。

　これは『源氏物語絵巻』のうち「東屋」の一場面で、貴族の女性たちが部屋の中で本を読んだり髪を梳いたりしてくつろいでいます。このうち、画面中央、几帳の後ろで本を読んでいる人の手元を見てみましょう。この人は文字ばかりが書かれた冊子のようなものを読んでいます。一方で、画面左奥には絵のようなものが描かれた冊子を見ている女性がいます。つまり、この絵を見ているお姫様のような人の横で、女房が言葉を読んでいるというふうに解釈できます。つまり、画面左奥の女性は、物語を耳から聞いて絵を見ている。これは当時のアニメーション、あるいは読み聞かせと考えていいと思います。冊子本がいつからあったのかは分かりませんが、この絵を見ると、この絵が描かれた時代にはすでにあったということです。

　室町期に入って展開されるのが奈良絵本[13]です。これは絵巻が冊子の形に変わったものといえ

---

[8] 8世紀に作成された経文。絵巻物の下段の経文には釈迦の前世や釈迦として生まれてからの物語がまとめられており、上段には下段のエピソードに対応した場面が描かれている。
[9] 国際子ども図書館・ちひろ美術館共催展示会『日本の絵本の歩み―絵巻から現代の絵本まで』（2017年11月1日-11月30日）にて展示（pp.98-107）。
[10] 信貴山朝護孫子寺の中興の祖・命蓮上人の奇跡譚を題材にした絵巻物。国宝。
[11] 『源氏物語』を題材にした絵巻物。このうち平安時代後期に成立した通称「隆能源氏」は日本における現存最古の絵巻物とされ、国宝に指定されている。
[12] 動物や人物を戯画的に描いた絵巻物。平安時代後期に成立。国宝。
[13] 室町時代から江戸時代にかけて制作された冊子体の本。「棚かざり本」とも呼ばれる。金銀箔や胡粉を用いた極彩色の絵が特徴。

ます。江戸期に入っても、このような奈良絵本は作られています。

　なぜ冊子の本が普及したのかといいますと、扱いが楽であるからというのが一因ではないかと思います。巻物というのは巻き戻す際などに非常に丁寧に扱わないと、巻物が崩れたり中身が傷んだりします。それと比較すると冊子本は扱いが楽なのです。ということがあって、冊子本が普及していったのでしょう。一方の巻物も、高級品として引き続き作られており、お金のある人は巻物スタイルのものを持っていただろうと思います。

　そして江戸期に入ってくると、丹緑本という形態の本が出てきます。黒のほか、丹、つまり赤と、緑と、加えて黄色の計4色で刷られたものです。それまでは写本、手で写して作られた本が主流でした。それに対して江戸期からは、木版で印刷されたものが主流になっていきます。絵本を作る作業が、印刷されたものに色を差していくというものになっていきました。

　江戸時代に入って、絵本は大変な発展をしていきます。これは喜多川歌麿（?-1806）の『画本虫撰』[14]です。非常にきれいな本です。このほかにも、あらゆるタイプの本が生まれてきます。番付関係の本や、絵入り俳書『海の幸』[15]という俳句の本。それから、赤本『さるかに合戦』[16]。さらに時代が下り、物語が長編になってくると、合巻という形の本も出てきます。

　実は江戸時代の絵本の挿絵を描いた喜多川歌麿や葛飾北斎（1760-1849）、歌川国芳（1798-1861）といった浮世絵師のほとんどが、枕絵を描いています。これが、江戸の絵本がどういう人を対象としていたかということを考えるヒントになります。また、先ほどお見せしたような赤本も、美人の番付表も、いろいろなものが全部絵本として展開されました。つまり、江戸時代の絵本とは、今の時代でいうと雑誌やテレビ、今のマスメディアの大部分にあたる役割を果たしていたといえます。

　となると、江戸期までは絵本は子どもの本ではなかった。もっと幅広い、メディアというものであったと考えるべきではないかと思います。

　ではヨーロッパはどうだったのでしょうか。これはちひろ美術館が所蔵している時祷書です。お祈りをするときに開くものです。この美しい本、これは子どものためのものではありません。それから有名なところでは、これもちひろ美術館にありますが、ウィリアム・ブレイク（William Blake, 1757-1827）の『無垢の歌』[17]、大変美しい挿絵が入った本ですが、子どものためのものとは思えないですね。それからもっと時代が下ると、リチャード・ドイル（Richard Doyle, 1824-1883）の『妖精の国』[18]という本が1870年に出版されています。これは挿絵だけではなくタイトルのレタリングにもものすごくこだわっています。ページを開けていくと美しい場面が山ほど出てきます。豪華本ですね。これは画集のような用途で見られています。

　ここまでイギリスの本を紹介してきましたが、このような現象はイギリスだけのことではありません。これはフランスのブーテ・ド・モンヴェル（Louis Maurice Boutet de Monvel, 1850-1913）が描いた『ジャンヌ・ダルク』[19]です。これも豪華な、画集のような本です。それからこれはロシアですね、イワン・ビリービン（Ivan Iakovlevich Bilibin, 1876-1942）の『イワン王子と火の鳥と灰色オオカミの話』[20]です。これもすごい技術で描かれています。これらは非常にレベルが高くて、貴重本として丁寧に扱われてきたので、現代でも見ることができる状態で保存されています。一方で、当時の本の中には質の低い紙に印刷されたものもあります。そのような本にも挿絵やポンチ絵などが載っています。それもまた多く普及していたわけです。

　つまり、20世紀に入る前までも、絵と文字による表現として、多くの人が絵本の類を楽しんでいたと考えていいのではないかと思います。

14　喜多川歌麿筆, 宿屋飯盛（石川雅望）撰『画本蟲ゑらみ』蔦谷重三郎, 1788.
15　石寿観秀国編『海の幸』版元不詳, 1762.
16　西村重長著『さるかに合戦』版元不詳, 江戸時代中期.

17　Wiliam Blake, *Songs of Innocense*, 1789.
18　William Allingham, illustrated by Richard Doyle, *A series of Pictures from the Elf World*, 1870.
19　Louis Maurice Boutet de Monvel, *Jeannne d'Arc*, 1896.
20　Ivan Iakovlevich Bilibin, *Skazka ob Ivane-t^sareviche, Zhar-ptit^se i o serom volke*, 1901.

3　現代日本絵本の機能　発達心理の側面

さて、次に、現代の絵本の機能はいったい何なのかというお話をします。

無藤隆先生という発達心理の専門家がいらっしゃいます。その方が最近『絵本の魅力　その編集・実践・研究』[21]という本を出されています。この無藤さんを絵本学会にお呼びして、講演してもらったことがあります。その中で無藤さんは、「絵本というのは20世紀に入ってから先進国で普及し、日本では特にこの半世紀の間に読み聞かせという手法が定着したのだ」とおっしゃっていました。

その背景として、日本では1960年代以降に素晴らしい絵本がたくさん出はじめます。そもそも、絵本というのは出版社が出すわけですから、事業として成立する必要があります。なぜ絵本がこの時代に盛んに出版されるようになったのかというと、第2次ベビーブームが来たからです。つまり、戦後すぐに生まれた団塊世代が結婚して生まれてきた第2次ベビーブームの子どもたちに向けて、絵本の出版が盛んになってくる。同時に、絵本は役に立つものだという思想が出てきます。具体的には、しつけ絵本だったりとか、図鑑のような絵本だったりとか、絵本そのものに教育的効果を期待する考え方です。

また、無藤さんはこのような絵本の役割に加えて、発達心理の観点からも、絵本は非常に有効なものであると言っています。

赤ちゃんの発達段階のひとつに、「共同注意」というものがあります。「共同注意」というのは、生まれて9か月くらいの赤ちゃんが、指さし行動をするのにあわせて、親が一緒にその指さしたものに注目するというものです。この指さし行動による「共同注意」に一番有効なのが、実は絵本であると無藤さんは言っています。例えば、親が絵本の中のある部分を指さして、これは何々だねと自然に注意を促すことができます。

そして「共同注意」は、次の発達段階である「命名ゲーム」に発展します。

「命名ゲーム」というのは、1歳半くらいから展開するもので、親が何かを指さしてそれについて名前を言い、子どもがそれを真似して発音するというものです。例えば僕が今、手に持っているこれを指さしてペットボトルと言い、子どもがペットボトルという言葉を覚える、ということです。これにも絵本が有効です。

このように、絵本というのは知識、言葉を覚えるために非常に有効です。いろいろなところで講演するときにお母さんたちによく聞かれるのが、「どういう絵本を選べばいいですか」ということです。そのときに「子どもにもっと言葉を覚えてもらえるような、漢字の入った絵本を選んだほうがいいんでしょうか」ということを聞かれたりもします。それは絵本で子どもを教育したいとか、言葉を覚えさせたいという思いがあるからで、そういう要望に応える最たるものが図鑑型の絵本です。だから図鑑型絵本は今でも人気があります。

つまり、絵本が発展していった理由としては、しつけや教育に役立つということで需要があり、出版社がそこに力を入れたからです。

一方で、子どもというのは予測確認ができるものを喜ぶといいます。つまり、「次に何がくるよ」と予測して言いたくなります。これは皆さんも経験されていることと思います。それから同じ本を何度も読みたがります。

例えばこれは『いないいないばあ』[22]の猫の場面です。顔を隠している猫の絵があり、ページをめくると「ばあ」と顔を出します。この本はまさに繰り返しのパターンになっていて、動物たちが「いないいない」と顔を隠しているページをめくると「ばあ」と顔が出てきます。同じことが次々に展開されるから、予測できるようになる。子どもにとってみれば、次のパターンを当てることができるという意味で非常に大きな喜びにつながります。

『はらぺこあおむし』[23]も繰り返しのパターンが使われている絵本ですね。次々と何かを食べていくから、次の展開が予測できる。

これは『私のワンピース』[24]。これもそうです。

21　無藤隆, 野口隆子, 木村美幸 著『絵本の魅力　その編集・実践・研究』フレーベル館, 2017.

22　松谷みよ子 文, 瀬川康男 絵『いないいないばあ』童心社, 1967.
23　エリック・カール 作, 森比左志 訳『はらぺこあおむし』偕成社, 1976. (Eric Carle, *The very hungry caterpillar*, 1970)

「ラララン　ロロロン」と言って散歩していくと、その風景が模様としてプリントされるというパターンの繰り返しです。無藤さんは、子どもたちはこのような繰り返しが非常に好きなんだという話をしていました。

ところで、無藤さんは講演の中で、発達心理学的な観点においては絵の良し悪しは問わないというふうに言っていました。確かにそれは言えるのかもしれません。絵本でなくても、例えば雑誌の写真からでもお話を展開することはできるわけですから、どんなものでも使おうと思えば使えるだろうと思います。

ただ、講演のときに無藤さんが選んで皆さんに見せたのが、『いないいないばあ』やエリック・カール（Eric Carle）の作品、『てぶくろ』[25]、『わたしのワンピース』、『おおきなかぶ』[26]、それから長新太（1927-2005）の絵本などでした。僕はそれを見て、どれもクオリティーが高いなと思ったんです。無藤さんは無意識に選ばれたのかもしれませんが、繰り返し読まれてベストセラーやロングセラーになっている本というのは、実は意味がある。どういう意味があるのかというのをちょっとお話ししたいと思います。

例えば、この『いないいないばあ』。皆さん何度も御覧になっていると思いますが、画家の瀬川康男（1932-2010）がどんなテクニックを使ってこの絵を描いたのか御存じですか。

実はものすごく手が込んでいるんです。この猫を見ていただくと、黒い猫のしっぽや顔に白く色が抜けたような部分がたくさんあります。これ、普通に筆で描こうとしても描けないんです。じゃあどうやってこの質感を出しているかといいますと、まず、画用紙にアクリル絵具や不透明水彩などを使ってオフホワイトなどの地色を塗ります。その上に、典具帖というものすごく薄い和紙を載せます。その上から絵具で色を塗っていきます。つまり、この絵は和紙を通って染み出てきた絵具で描かれているんです。

どうしてそんな面倒なことをするのか、直接筆で描けばいいじゃないと思われるかもしれませんが、でも、この複雑な、にじみ出てくるという自然の形がつくる形や質感というのが、実はこの絵の魅力につながっています。何回見ても何回見てもどうやって描いたのか分からない。一見シンプルに見える動物たちの姿ですが、実はマチエール[27]にはものすごく凝っています。しかもここで使用しているインクは、インク壺の蓋を開けたまま、水分が飛んでどろどろになるまで1、2か月置いておいたものです。それを面相筆につけて線を引く。すると、線がすーっと引けないんです。その不思議な調子や味わいが、この絵本の絵には山ほど詰まっている。一枚の絵の中に、人間の技術では生み出せないような、何回見ても飽きないような、色や質感が入っている。

じゃあこの『はらぺこあおむし』をはじめとするエリック・カールの絵本はどうかといいますと、彼はティッシュペーパーという薄紙に色を付けたものを色ごとにたくさん用意していて、それを切り抜いて絵をつくっています。例えば『はらぺこあおむし』のあおむしの体を構成する一つ一つのブロックは、自分で描いた色紙をコラージュして制作しています。

彼のアトリエに行ったとき、私は「あなたは印象派に興味があるでしょう」と聞きました。彼は「そうだよ」と言いました。なぜそんなことを聞いたかというと、印象派の特徴の一つに、タッチが生き生きとしていて魅力的だということがあるのですが、エリック・カールの使う自作の色紙の中で私が最も面白いと思ったのはタッチだったんです。だから私は、彼は印象派から着想を得ているんじゃないかと思ったんです。その話のあとに、彼は本棚からいろんな画集を持ってきました。その中には16、17世紀フランドルのリアルに見える絵もありました。彼は例えば洋服の白いレースの部分や、森の葉っぱの部分を示し、僕にルーペを渡して、これで見ろって言ったんです。見たらとても面白かった。精密に描かれているように見えるレースや木の葉が、荒いタッチで描かれて

24　西巻茅子 作『わたしのワンピース』こぐま社, 1969.
25　エフゲニー・M・ラチョフ 絵, 内田莉莎子 訳『てぶくろ』福音館書店, 1965.
26　アレクセイ・トルストイ 再話, 内田莉莎子 訳, 佐藤忠良 画『おおきなかぶ』福音館書店, 1966.
27　フランス語の「matiere」に由来。本来は材料、素材を指す言葉だが、特に絵画では作品表面の肌合いをいう。

いたりします。

『はらぺこあおむし』を見るとき、我々は何気なくこの絵を見ていますが、この絵の向こう側には長い美術の歴史の中から、彼が学んだものが入り込んでいます。つまり一枚の絵を見ながら、いろいろなことが発見できる。何回見ても面白いことが発見できる。そういうことがこの絵本の中には詰まっています。

これは『わたしのワンピース』ですけれども、空から白い布が落ちてきて、これでワンピースを縫うわけです。これは三角形のワンピースです。皆さん、これくらいだったら自分も描けると思う方、いませんか。皆にこにこしてるってことは描けると思ってますね。僕だって描けますよ。三角描いて、ポケットつけて、手足を描いて。これくらい描けます。それではなぜ、西巻茅子という作家はこの形を選んだのか。彼女は理論派で頭がよくて、絵もすごくうまい人です。そういう人がなぜわざわざこういう絵を描くのでしょうか。

これはお花畑を散歩する場面です。リアルなお花畑ってこんなふうじゃないでしょう。このお花畑はワンピースの生地にできるようなパターン、つまり模様になっているんです。だから次のページで、そのままお花畑がワンピースにプリントされていてもおかしくないんです。つまり、ワンピースとしてぎりぎり単純化して平面性を強調して納得できるのがあの三角形だったんだと僕は考えています。だからこの白いワンピースにお花畑模様のプリントができて、次の展開が可能になってきます。一つの形を選ぶのにも、一つずつ理由があります。本能的にやっている場合もあるかもしれませんが、本能的に選んでいるときも長い間の蓄積とか訓練とか、デザイン感覚など、いろんなものが複雑に入り込んでいます。

要するに、絵というものが持っている情報量というのは膨大であるということです。子どもたちが繰り返し絵本を読むのが好きだということの裏側には、実は子どもたちも無意識のうちに視覚情報を読み取っていると僕は思っています。ただし、今までの絵本についての研究では、幼児教育などの分野からの研究が圧倒的に多く、絵についてはほとんど誰も語っていません。ですから、その部分に着目することによって、これから皆さんが読み聞かせをするにあたって、さらに深い読み方ができるようになると思います。

例えばモーリス・センダック（Maurice Sendak, 1928-2012）の『かいじゅうたちのいるところ』[28]の冒頭の場面一つとってもそうです。絨毯の細かい目の動き方が、場面によって変化します。タッチが場面ごとに変わっていて、それは読み手である子どもたちの心理の変化と対応しています。

つまり、絵本の中にある情報量というのは非常に深いんだということです。絵本には、言葉で語られている部分だけでは読み取れないものがたくさんあるんだということを頭に置いてもらいたいと思います。

4　絵本というメディアの情報伝達能力

それでは絵本というメディアの情報伝達能力はどの程度深いのかという話をしたいと思います。

これは西村繁男さんの『絵で見る日本の歴史』[29]という本です。人間が日本列島に住み着いた氷河期の終わりから現代までを31場面で描いた絵本です。31場面ですからさーっと読める。文字数は1ページあたり大体120字以内で、後ろのほうには解説が入っています。全部読んでもそれほど時間はかかりません。でも、この中に入っている情報量というのは、何巻にもわたって書かれている歴史書と同じかそれ以上なのではないかと私は思っています。

これは古墳時代のページです。神戸市の五色塚古墳がモデルだそうです。彼はそこを訪ねて調べていますが、古墳の建設にはものすごく人手が必要です。ピラミッドもそうなのですが、この古墳が作られる場面、季節はいつごろだと思いますか。緑があまりないから春や夏ではない。紅葉もしていないから秋じゃない。そうするとおそらく冬です。じゃあなぜ冬の場面を描いたのか。ピラミッドは農閑期に農民などが石を運ぶのを手伝ったんだと言われます。それでは古墳も同じじゃないか

28　モーリス・センダック 作, 神宮輝夫 訳『かいじゅうたちのいるところ』富山房, 1975. (Maurice Sendak, *Where the wild things are*, 1963.)
29　西村繁男 作『絵で見る日本の歴史』福音館書店, 1985

と西村さんは考えて、この絵を描いています。つまり、農業の仕事が忙しくないときに労働力を確保している、だから冬の場面なのです。

　これは平安時代の様子です。さっきの場面もそうですけれども、西村さんはこの絵本、全部斜め上からの俯瞰で描いています。この視点は、絵巻物のスタイルと同じなんです。中央に大きく描かれているのは寝殿造の建物です。現存する建物や歴史資料をもとに、平安時代の建物を再現しています。ただし、手前に描かれた松明を持って待つ従者たちや居並ぶ牛車は、彼の自由な想像なんです。ただ想像といっても、当時の牛車は調べています。歴史的な資料のデータを合成していって、一枚の絵に仕上げていくわけです。これは夜の場面ですけれど、じゃあみんな待っている人たちはどうしていたんだろうかというのは彼の想像の部分です。西村さんは、塀や路地を描いて空間的に区切ることで、一つの画面に様々な場面を盛り込んでいます。おそらく彼はいろいろな人間の動きを描きたかったのです。こういう人々の動きは、歴史書の中には現れてきません。当時の人たちはどのように生活していたのかということを、彼はいろんな資料を集めて、考えて、このかたちで表現しているんです。

　これは祭の行列を描いた場面です。『年中行事絵巻』[30]を参考に、稲荷祭を描いたものです。この本と『年中行事絵巻』の違いは何かというと、前者は色があって、後者には色がない。もちろんそれだけではなくて、前者は建物がたくさんある、後者にはない。『年中行事絵巻』は行列の部分だけを描いていますけれども、西村さんはこの時代の歴史資料をたくさん調べながら、庶民の建物はおそらくこういう感じであったろうとか、いろいろなことを考えています。同時代の多数の資料を調べた上で、『年中行事絵巻』をメインの素材として使いながら、おそらくこれはこうだろうと推測して描いています。

　それから、猫が描かれています。実は猫というのは平安時代に日本に持ち込まれた、と後ろの解説に書かれています。僕はこの本を読んだときに猫を発見して、後ろの解説を読んで、そうか、猫は平安時代に日本に持ち込まれたんだってことが刷り込まれました。多分長い歴史書の中でそんなことが書いてあっても頭に入らないんですけれど、これだとすぐに覚えます。

　つまり、絵を読むということを習慣付けることによって、我々は絵本を読むことで得られる視覚的情報をたくさん獲得することができます。当時の人々の生活というのは、例えばどういう服を着ていたんだろうかとか、そういうのってなかなか分かりません。歴史資料上は、どういう色の薄絹の上に何色を重ねるとどういう色になるといったことが、多少は書いてあります。それを絵巻なども見ながら想像して描いているのがこういう絵です。そうすると、文字だけではほとんど分からなかったことが、絵で見ることで我々は一瞬で認識できるようになる。この本では歴史の試験に出てくる年号などは分からないですけれど、生活の実感という文字だけでは分からないものが理解できるようになるでしょう。

　これは源平の戦いの場面です。この場面に関して彼が参考にしたのは『後三年合戦絵巻』[31]、『平治物語絵巻』[32]、『北野天神縁起絵巻』[33]『蒙古襲来絵詞』[34]などです。『北野天神縁起絵巻』以外は合戦ものですが、絵巻を通じて彼は当時の合戦とはどういうものだったかというのを勉強して、この場面を作っています。

　それではなぜこの場面は夕方なのでしょうか。おそらく、これは武士の世界が始まるとき、つまり貴族の社会がたそがれてゆくときだからです。この、夕日のたそがれてゆく時間帯を選ぶということにも感情が入っています。つまり、このほかの絵もそうですが、一枚の絵として見て美しい。この美しさの背後には、実感として、源平の戦いというのは一体何だったんだろうかという彼の思いが込められているんだろうと思います。

　歴史書をもう一つ追加します。これはロベル

---

[30] 平安時代末期の宮廷、公家における年間の儀式、催事、法会、遊戯などを中心に、民間の風俗を描いた絵巻。
[31] 後三年の役（1083〜87）を描いた絵巻。
[32] 平治の乱（1159）を題材とした絵巻。<http://dl.ndl.go.jp/info:ndljp/pid/1288449>
[33] 菅原道真の生涯や死後の怨霊説話、北野天満宮の由来・霊験を描いた絵巻。
[34] 鎌倉後期の絵巻物。文永・弘安の役の際、肥後の武士竹崎季長が自らの戦功を絵にして記録させたもの。

ト・インノチェンティ（Roberto Innocenti）というフィレンツェに住んでいる画家の、『百年の家』[35]です。この絵本の舞台となっているのはトスカーナ地方で、彼の生まれ故郷もこの近くです。インノチェンティについて少しお話ししておくと、皆さんがよく知っている本でいえば『ピノキオの冒険』[36]、『クリスマス・キャロル』[37]、『くるみわり人形』[38]などの絵本を描いています。国際アンデルセン賞画家賞[39]も取っています。この人の絵もちひろ美術館では何点か所有していて、彼は絵を描くにあたって、あらゆる歴史資料を調べて、一枚の絵を描くにも本当に命を削るようにして描いている。そういうタイプの絵描きさんです。

『百年の家』は、1656年に建てられた小さな石造りの家を、1900年に子どもたちが発見するところから物語が始まります。この廃屋だった家に人々が住み始め、最終的には21世紀になって、100年の歴史を経て解体されて別物になっていくという物語です。

この家自体もページをめくるたびに変化していって、それを見るだけでも楽しいんですけれど、背景に描かれているものを細かく読み解いていくと、時代の特徴やその当時の人たちの生活がつぶさに見えてきます。

例えばこの物語には、兵士とある娘、おそらくこの家を発見した女の子ですが、その二人が結婚してこの家に住むという場面があります。この結婚式の場面を見てみましょう。画面前方、テーブルの上にキャンティのワインがあります。キャンティはトスカーナの特産のワインで、藁苞（わらづと）を巻いた瓶に詰められているという特徴があります。このワインがあることによって、この絵本の舞台がどこだか特定できます。そしてこのとき、後ろにはぶどう畑ができています。これによってこの家の人たちの生活ぶりが分かります。

一転して、次のページは悲しみの場面です。これは第一次世界大戦が終わった1918年ですが、夫が戦死したのが分かります。つまり、ここに出てきている登場人物には名前もありませんし、物語自体も家の一人称で語られますが、その語りを通じて家に住む人々の歴史も見えてくるのです。悲惨な時代というのは冬で描かれています。さきほどの西村さんの手法と同じですね。

その後、この女性とその家族は貧しくなっていきます。そしてまた時は巡って、今度は第二次世界大戦です。この兵士のヘルメットを見ると、ファシスト党の人たちが近くの街まで来ているということが分かります。そしてこのとき、この家はいろんな人の避難の場所になっています。その場面を描くときも、夜の場面を使って人々の苦しみを表現しています。歴史書でありながら、ドラマティックな演出がなされているんですね。

今、歴史の絵本として2冊お見せしましたが、ここに描かれている内容を文字で書こうとしたときに、どれだけの分量が必要かということをちょっとイメージしてください。例えば源平の戦い一つとっても、ここに描かれている内容を言葉で伝えようとしても、ものすごい量の文章を書いても多分伝わらない。つまり、絵本の情報伝達能力の一つのポイントは、視覚情報をうまく提供することによって、活字人間としては理解できなかった部分の情報を大変容易に得ることができるという点です。

これは子どもだけではなく、大人にとっても同じです。『絵で見る日本の歴史』については、小学6年生の教師の話があります。絵本だからバカにするかな、と思って読み始めると意外にも30人が食い入るようにして見ていた、ということです。

また、歴史書という意味では、皆さんよく御存じの『ちいさいおうち』[40]も、『百年の家』と同じく定点観測の歴史書と言えます。それから、安野光

---

35 J.パトリック・ルイス 作, ロベルト・インノチェンティ 絵, 長田弘 訳『百年の家』講談社, 2010.（J. Patric Lewis, illustrated by Roberto Innocenti, *The house*, 2010.）
36 カルロ・コルローディ 原作, ロベルト・インノチェンティ 絵, 金原瑞人 訳『ピノキオの冒険』西村書店, 1992.（Carlo Collodi, illustrated by Roberto Innocenti, *Le avventure di Pinocchio*, 1991.）
37 チャールズ・ディケンズ 作, ロベルト・インノチェンティ 絵, もきかずこ 訳『クリスマス・キャロル』西村書店, 1991.（Charles Dickens (1812-1870), illustrated by Roberto Innocenti, *A Christmas carol*, 1990.）
38 E.T.A.ホフマン 原作, ロベルト・インノチェンティ 絵, 金原瑞人 訳『くるみわり人形』西村書店, 1998.（E.T.A. Hoffmann, illustrated by Roberto Innocenti, *Nutcracker*, 1996.）
39 国際児童図書評議会（International Board on Books for Young People: IBBY）が創設した子どもの本の国際的な賞。作家賞と画家賞があり、作品ではなく、作家・画家の全業績に対して授与される。
40 バージニア・バートン 作, 岩波書店 訳編『ちいさいおうち』岩波書店, 1954. など（Virginia Lee Burton, *The little house*, 1942.）

雅さんの『旅の絵本』[41]、これは一枚の絵の中に、社会事象から、著名人の顔だとか有名な建物とか、あらゆるものを描きこんでいます。「1冊の本に1000冊の本を書き込みたい」という安野さんの意識がああいう本を作り出しているのですが、当時の風俗を描きだしているという意味で、これも歴史書として読むことができます。

つまり、われわれが絵を読むことを意識することによって、いくつもの絵本が歴史書としても読めると私は思っています。

それから、『14ひきのあさごはん』[42]。誰もが好きな楽しい絵本が、実は科学絵本として読めるということをお話しするために持ってきました。

これは子どもたちに大人気の絵本ですね、フランスでも出ていて、全部で12巻、1000万部以上出ていたと思います。この絵本、どの時代を描いていると思われますか。例えば『14ひきのあさごはん』の最初の場面では、かまどでお米を炊いています。それから水を引く場面、水道から蛇口をひねって水が出てくるのではありません。竹を割ったような樋をつないで、水を引いています。これらのことから、この14匹たちの生きている時代というのは、昭和初期から昭和中期の日本の田舎だと考えられます。作者の岩村さんは現在、70代ですが、おそらく彼の子ども時代がベースになっていると思います。

それではなぜ現代の子どもたちが「14ひき」シリーズ[43]を読んであんなに喜ぶのか。今我々は大変便利な世界に生きているので、この「14ひき」の生活を実際に見て体験するには、おそらくキャンプか何かに行かないとできません。でも、子どもたちは、人間の原初的な部分、本能的な部分で、このような生活の面白さを、この本の中から感じ取ることができるんじゃないでしょうか。

実は作者の岩村さんは、栃木県の益子という田舎に住んでいて、彼もお子さんがたくさんいます。つまり彼自身の生活がこの絵本のベースになっています。例えば、『14ひきのあさごはん』の木の実を集める場面、籠に背負っている赤い実は何か。これは、前のページを見ると分かるんですけれど、葉っぱの形からしてキイチゴの一種でナワシロイチゴの実だろうと思われます。また、この場面にはホタルブクロが描かれていますし、ほかの場面には、ウツボグサやクワガタ、カブトムシが出てきたりします。これらは全部登場時期が重なっています。大体6月ごろです。それを念頭において、この服装を見てください。半袖です。つまり、彼は大変リアルな、6月の栃木県の田舎の生活を描いています。

同じシリーズで『14ひきのぴくにっく』[44]では、表紙を見ると長袖です。このお話の舞台は4月なんです。それから、この絵本の見返しには、作中に出てくる植物がすべて名前付きで描いてあります。つまり、この絵本は図鑑としても読めるということを描き込んでいるんです。この傾向は『14ひきのあさごはん』のときからありましたが、『14ひきのピクニック』のときにはもっと明確になっています。それから、同じシリーズのほかの作品には、採った植物をどうやって食べるかというテクニックが描かれているものもあります。この絵本は生活のための図鑑として読むこともできるし、それを14匹のねずみたちの生活に組み込んだがためにこれはベストセラーになっているといえます。つまりこれは物語絵本としてベストセラーでロングセラーである一方で、自然観察絵本としても使えるのです。

これは村上康成さんの『ピンク、ぺっこん』[45]という本です。さっきの岩村さんのリアルな植物描写、動物描写に比べて、この『ピンク、ぺっこん』の描写はリアルではありません。表紙の魚はヤマメなんですけれど、実際のヤマメの写真と比べればこんな感じじゃないですよね。じゃあこれはリアルな本じゃないんでしょうか。

これは最初の場面に描かれたヤマメの群れです。ヤマメの特徴を捉えて、ものすごく単純化して描いています。ピンクと呼ばれているのは、この群れから一匹だけ離れて上のほうにいるヤマメです。ひれがピンクだからピンクと呼ばれていま

41　安野光雅 作『旅の絵本』シリーズ, 福音館書店, 1977-.
42　岩村和朗 作『14ひきのあさごはん』童心社, 1983.
43　注42をはじめとして童心社より1983年から2007年にかけて出版されたシリーズ。

44　岩村和朗 作『14ひきのぴくにっく』童心社, 1986.
45　村上康成 作『ピンク、ぺっこん』徳間書店, 2000. など

す。そしてこのピンクが今食べようとしている、上流から流れてきているものはカワゲラの幼虫です。ピンクはカワゲラを食べようとして、近寄っていくんですけれど、横からもっと大きいヤマメがぱくっと食べちゃう。そして、次の場面では今度こそと言って、今度は上から飛んできているカゲロウを狙います。画面中央にいるのがヤマセミです。ヤマセミは渓流のなかでも相当上流のほうに行かないといません。こういった情報から、どんなところが舞台なのかがだんだん分かってきました。そしてここでも、「いただき、ピンク！」と言って、イワナがカゲロウを横取りして食べちゃうんです。その次の瞬間、今度はヤマセミがそのイワナを食べちゃいます。つまりこの絵本は生態系のことを描いているんですね。絵は単純化されてはいますが、生態系は正確に描かれています。

今度は次の場面です。ピンクは釣られてしまうんですが、小さいからということでリリースされて生き延びます。後ろにいるのはライチョウです。ちなみにこの釣り人は村上康成本人です。まだこんなにひげ真っ白じゃないけど。村上康成という人は釣り師なんです。テレビにも釣り師として出演したりしています。彼は子ども時代、長良川上流の郡上八幡のあたりで過ごしていたので、この絵本に描かれているのもその辺りです。彼のフィールドだったところです。

ところで、このヤマセミ、リアルではないんですが、ヤマセミ以外の何者にも見えません。おそらく鳥類学者が見てもヤマセミ以外の名前は出てこないでしょう。イワナもイワナ以外の何者でもないし、ヤマメもヤマメ以外の何者でもない。リアルではないけれども、その動物の最大の特徴を誇張して描いているのです。僕は村上さんを動物の似顔絵画家と呼んでいます。つまり、図鑑的な絵ではないんだけれども、デフォルメすることによって別な意味でリアルな世界を描いているというふうに理解できます。

それから、同じく村上さんの作品でもう一つお見せしたいのが、この『ピンク！パール！』[46]という本です。これは何かというと、彼が意識的に、

---

[46] 村上康成 作『ピンク！パール！』徳間書店, 2000. など

人間社会の生態系破壊に対して警鐘を鳴らしている絵本なんです。

まずはあらすじを追ってみましょう。ヤマメというのは同じ池や川に住んでいるとヤマメのままですが、川を下り海に行って戻ってくるとサクラマスになります。この絵本は、先ほど出てきたヤマメのピンクが海に出てサクラマスとなって、恋人のパールと一緒に元の川に戻ってくるという話です。

2匹が河口から川を上り始める場面。

　　ぼくたちの子どもを　うむために。
　　ねえ、ピンク、川の　においが　へんね。
　　うん、川のようすが　かわったね。
　　このにおい、とても　がまんが　できないわ。
　　さあ、いっきに　上にいこう！パール。

ここはまだ川が濁っているから、コイがいます。彼は水質を意識してこの絵を描いてるんですね。
次を読むと、

　　ここまでくると　水もすこしは　よくなった
　　ね。ほら、アユの子どもたちだ！

　　でも、いそいできたから、川の水になれなく
　　て、くるしいわ。おなかの　たまごが　ちょっ
　　と　しんぱい。

つまり、上流に上ったので、水質もアユが生息できる状態にまで変わっています。

この場面には、サギが出てきています。後ろにはトラクターもいます。ひとつ前の場面でも描かれていましたが、人間が河口の開発を進めたという状況が分かります。

次の場面です。

　　どうしたんだ？　川がおわっている。
　　やあ、ピンク、パール。もう　ぼくだめだ。
　　いくらがんばっても　とびこせない。

そして、ページをめくるとこの絵が出てきます。これ、ダムを上から見た絵なんですね。この次の

ページからは本の向きを横から縦に持ち直して読むような画面構成になり、これは絶対に飛び越せないという状況になってきます。

この絵本について、村上さんは私との対談[47]の中で次のように述べていました。

> 長良川に河口堰というダムが造られることになって。僕は長良川の上流の郡上八幡で生まれ育ったものですから、豊かな自然とのつながりを感じていたんですけど、そこにダムができてしまうということで、当時大反対をしていました。その大反対のことをこういう絵本にしてしまっていいのかというのもあったし、やっぱり読んで希望が湧くものにしたいというただそれだけであったので、どうにかこの3冊目を出版したいなと、ピンクとパールにダムを跳び越えさせた。

この後2匹はダムを飛び越えて、上流に行って産卵します。つまりこの絵本の中で、彼は思想を語り始めたんですね。

実は、作者が自分の思想を語る絵本というのはいくつもあります。

5　絵本のテーマの拡大と社会的役割の拡大

例えばイェルク・シュタイナー（Jörg Steiner, 1930-2013）が文章を書きイェルク・ミュラー（Jörg Müller）が絵を描いている、『ぼくはくまのままでいたかったのに…』[48]。これは人間社会の問題を、哲学的な観点からも考えさせるような内容になっています。

最近ではそれまでの絵本が取り上げてこなかったようなテーマがかなりたくさん語られるようになってきているんですね。絵本というのは、一昔前までは、昔話や童話がメインでしたけれど、今日歴史の本から始めていくつか紹介したような絵本というのは、昔話や童話とは全く違う世界を描き始めている。つまり、絵本で自分の思想を語れるんじゃないかということに気が付き始めた絵描きたち、作家たちが動き始めているんですね。

その一例が『ぼくはくまのままでいたかったのに…』です。この物語の裏には、自己存在とは何かというテーマがあります。

それから自然科学の分野では、例えばこのあべ弘士の『エゾオオカミ物語』[49]というお話が挙げられます。これは、エゾオオカミという絶滅した生き物についてシマフクロウが一人称で語るというものです。人間が北海道の自然に対してもたらしたものは何か、エゾシカがものすごく増えてしまったことで人間はエゾシカを悪者にしているけれどもそれは誰のせいだ、と。人間は、昔はエゾオオカミを悪者にして殺してしまった過去がありますし、今ではシマフクロウも絶滅危惧種です。そのシマフクロウにエゾオオカミやエゾシカについてを語らせているというのは、あべ弘士の思想が表れているんですね。それを我々は読み取っていけるはずだと思います。

これは手島圭三郎の『しまふくろうのみずうみ』[50]、これもシマフクロウをテーマにしています。

昔からある物語絵本においても、また科学絵本や歴史絵本においても、かつて絵本がテーマにしていたような内容だけではなく、現在の絵本の世界では、作者の思想を反映した多様なテーマが扱われるように変化してきています。テーマは、どんどん拡大しています。

これは早乙女勝元と田島征三の『猫は生きている』[51]です。ここでは戦争がテーマです。戦争をテーマにした絵本はこのほかにもたくさんあります。

これは私と娘とで作った絵本『ふくしまからきた子』[52]ですけれども、福島の原発事故をテーマにしています。このように、今では絵本の中でもいろいろなテーマが出てくるようになってきていま

47　千葉市美術館主催「2016絵本フォーラム　BIB50周年ブラチスラヴァ世界絵本原画展と日本の絵本50年」における対談「絵本表現の模索〜受賞作品『ピンク！パール！』を通じて」(2017.2.4.)
48　イェルク・シュタイナー 作, イェルク・ミュラー 絵, 大島かおり 訳『ぼくはくまのままでいたかったのに…』ほるぷ出版, 1978. (Jörg Steiner, illustrated by Jörg Müller, *Der Bär, der ein Bär bleiben wollte*, 1976.)
49　あべ弘士 作『エゾオオカミ物語』講談社, 2008.
50　手島圭三郎 作『しまふくろうのみずうみ』リブリオ出版, 2001. など
51　早乙女勝元 作, 田島征三 絵『猫は生きている』理論社, 1973.
52　松本猛, 松本春野 作, 松本春野 絵『ふくしまからきた子』岩崎書店, 2012.

す。

　20世紀は子どもの世紀といわれていて、子どものために、あるいは子どもの発達のために、絵本が発展してきました。それを踏まえて21世紀の絵本を考えるとき、我々が心に留めておく必要があるのは、今日見てきたように、絵本が表現能力を大幅に拡大しつつあるということです。絵本作家である私たちが、自分の自己表現のジャンルとして絵本を認識しはじめている。今Cコードの8番から始まる子どもの本の中でこれだけのことができるということは、実はもっともっと絵本による表現の可能性は広がっていくんじゃないかと思っています。

　それから、絵本の絵というのは、今までほとんどの人が取り上げてこなかったんです。しかし今、絵本の美術館は日本国内だけでも30館以上ありますし、公立美術館を始め多様な美術館、博物館でも絵本の原画展を開催しています。この状況は、絵本が美術として認識されはじめているということです。つまり我々は、絵本というものの概念を、もう一歩広げなければならない。

　絵本については、これまで子どもの専門家の方々が論じてこられましたが、これからは幅広い分野の方々が絵本について語っていくでしょう。さらに絵本の可能性が広がっていくのではないかと思っています。

（まつもと　たけし）

「絵本というメディアの可能性」紹介資料リスト

（本館） → 国立国会図書館東京本館で所蔵
（デジタル化） → 「国立国会図書館デジタルコレクション」（館内・図書館送信対象館内限定公開）
注：デジタル化図書については、原則として原本はご利用いただけません。

No.	書名	著者名	出版事項	請求記号
1	世界図絵	J.A.コメニウス 著 井ノ口淳三 訳	平凡社, 1995	FA5-G5
2	信貴山縁起繪	[鳥羽僧正] [画] 秋山光和 監修	丸善, 2002	YR1-H4 （東京本館）
3	源氏物語繪卷	[藤原隆能] [画] 秋山光和, 徳川美術館, 五島美術館 監修	丸善, 2003	YR1-H6 （東京本館）
4	鳥獣人物戯画	秋山光和 監修	丸善, 2004	YR1-H14 （東京本館）
5	日本風俗図絵 : 江戸木版画集.12	黒川真道 編	柏書房, 1983	GB374-24 （東京本館）
6	富嶽百景	葛飾北斎 筆	芸艸堂, 2014	W166-L13 （東京本館）
7	妖精の国で	R.ドイル 絵 W.アリンガム 詩 矢川澄子 訳	筑摩書房, 1988	KS151-E48 （東京本館）
8	いないいないばあ	松谷みよ子 文 瀬川康男 絵	童心社, 1967	Y17-267 （デジタル化）
9	はらぺこあおむし	エリック=カール 作・絵 もりひさし 訳	偕成社, 1976	Y17-4826
10	わたしのワンピース	西巻茅子 著	こぐま社, 1969	Y17-609
11	絵で見る日本の歴史	西村繁男 作	福音館書店, 1985	Y2-736
12	百年の家	ロベルト・インノチェンティ 絵 J.パトリック・ルイス 作 長田弘 訳	講談社, 2010	Y18-N10-J109
13	エリカ奇跡のいのち	ルース・バンダー・ジー 文 ロベルト・インノチェンティ 絵 柳田邦男 訳	講談社, 2004	Y2-N04-H157
14	絵で見るある町の歴史	スティーブ・ヌーン 絵 アン・ミラード 文 松沢あさか, 高岡メルヘンの会 訳	さ・え・ら書房, 2000	Y2-N00-131
15	ちいさいおうち	バージニア・リー・バートン 文・絵 いしいももこ 訳	岩波書店, 1965	Y17-42 （デジタル化）
16	旅の絵本	安野光雅 著	福音館書店, 1977	Y17-5181
17	14ひきのあさごはん	いわむらかずお さく	童心社, 1983	Y17-9550
18	14ひきのぴくにっく	いわむらかずお さく	童心社, 1986	Y18-2366

19	ピンク、ぺっこん	村上康成 作・絵	徳間書店, 2000	Y17-N00-787
20	ピンク!パール!	村上康成 作・絵	徳間書店, 2000	Y17-N00-934
21	ぼくはくまのままでいたかったのに…	イエルク・シュタイナー ぶん イエルク・ミュラー え おおしまかおり やく	ほるぷ出版, 1978	Y18-N06-H36
22	エゾオオカミ物語	あべ弘士 作	講談社, 2008	Y17-N09-J86
23	しまふくろうのみずうみ	手島圭三郎 絵・文	リブリオ出版, 2001	Y17-N01-179
24	ふくしまからきた子	松本猛, 松本春野 作 松本春野 絵	岩崎書店, 2012	Y17-N12-J342
25	そつぎょう	松本猛, 松本春野 作 松本春野 絵	岩崎書店, 2015	Y17-N15-L267
26	ひろしまのピカ	丸木俊 え・文	小峰書店, 1980	Y17-7130
27	さがしています	アーサー・ビナード 作 岡倉禎志 写真	童心社, 2012	Y1-N12-J287
28	ぼくがラーメンたべてるとき	長谷川義史 作・絵	教育画劇, 2007	Y17-N07-H1081
29	ゆきのひ	E.J.キーツ ぶん・え きじまはじめ やく	偕成社, 1969	Y17-606
30	絵本アフリカの人びと	ディロン夫妻 絵 マスグローブ 文 西江雅之 訳	偕成社, 1982	Y1-405
31	むこうがわのあのこ	ジャクリーン・ウッドソン 文 E.B.ルイス 絵 さくまゆみこ 訳	光村教育図書, 2010	Y18-N11-J63
32	おじいちゃん	ジョン・バーニンガム さく たにかわしゅんたろう やく	ほるぷ出版, 1985	Y18-1412

展示会「日本の絵本の歩み―絵巻から現代の絵本まで」の紹介

東川　梓

　国際子ども図書館では2017（平成29）年11月1日から11月30日まで、ちひろ美術館（いわさきちひろ記念事業団）と共催で、企画展「日本の絵本の歩み―絵巻から現代の絵本まで」を国際子ども図書館レンガ棟3階 本のミュージアムで開催しています。ここでは、この展示会の概要と構成を、主な出展資料と共に紹介します。

1．絵本の源流

2．絵本の歴史

3．明治から戦前期までの絵本と絵雑誌

4．現代の絵本

展示会「日本の絵本の歩み―絵巻から現代の絵本まで」の紹介

東川　梓

　こんにちは、国際子ども図書館展示担当の東川です。よろしくお願いいたします。国際子ども図書館では、11月1日から11月30日まで、ちひろ美術館（いわさきちひろ記念事業団）との共催で、展示会「日本の絵本の歩み―絵巻から現代の絵本まで」[1]を開催しています。本展示会では、魅力溢れる日本の絵本の歴史を、それぞれの時代の絵本の形態、印刷技術や表現方法の変化などを確かめながら、4部構成でたどります。本日は、この展示会の概要と構成を、主な出展資料と共に御紹介したいと思います。

1．絵本の源流

　絵本の始まりには諸説ありますが、今回の展示会では、巻物を広げるにつれて絵と文が交互に現れる絵巻を絵本の源流として、絵本の歴史を読み解いています。第1部では、製紙技術が伝来した7世紀頃から奈良絵本が登場する室町時代まで、つまり主として絵巻が制作されてきた期間の特色を表す絵巻数点を御紹介します。

　『日本書紀』によれば610（推古18）年には、高句麗の僧、曇徴が墨とともに日本に製紙技術を伝えたと書かれており、奈良時代には絵巻が作られるようになりました。日本最古の絵巻は奈良時代に作られた『絵因果経』だとされています。『絵因果経』は釈迦の半生を説いた経典である『過去現在因果経』4巻にそれぞれ絵をつけて、8巻構成としたものです。巻物の下半分には経文が書か

れ、上半分には経文に対応する絵が描かれています。例えばこちらの場面では、太子が王に出家修道の許しを乞う場面が表されています。本展示会では二種類の『絵因果経』を御覧いただけます。一つは展示ケースに入っている、大正時代に日本美術学院が東京藝術大学所蔵の国宝『絵因果経』を複製した絵巻、もう一つは展示会場前のラウンジにあるモニターで流している映像と展示会場内のバナーで使用している、奈良国立博物館所蔵の重要文化財『絵因果経』です。この二つの『絵因果経』は画風や経文の書風が微妙に異なっていますので、展示会場で見比べてみていただくと面白いのではないかと思います。

　平安時代になると、「竹取物語」や「源氏物語」のような物語を題材とした絵巻が現れました。絵巻は皇族や貴族などが制作、鑑賞するような高価なものでした。絵巻は一つが9メートルから長いものでは24メートルもあり、一点が完成するためには数か月かかるため、専門の絵師を雇用できるほど裕福な階級に属する人しか絵巻を制作させることができなかったのです。

　今回の展示会では9世紀末から10世紀始め頃に成立し、現存する限り日本最古の物語文学とされている「竹取物語」を絵巻にした『竹とり物語』[2]が展示されています。ただし、展示されている絵巻は平安時代に作られたものではなく、絵巻の詞書が1646（正保3）年に刊行された『たけとり物語』に酷似しているため、江戸期に作成されたものだと見られています。牡丹松葉散らし文様の金襴表紙で、見返しは金地になっており、さらに本文料紙には金泥で草花等が描かれている豪華な絵巻です。内容は、一般的によく知られている「竹取物語」です。竹取の翁が光る竹の中に見つけたかぐや姫が絶世の美女へと成長し、その噂を聞きつけた求婚者が大勢現れ、中でも熱心な5人に結婚の条件として、それぞれ「仏の御石の鉢」「蓬莱の玉の枝」「火鼠の皮衣」「龍の首の玉」「燕の子安貝」を持ってくるように難題が課されます。結局誰も難題をクリアできず、帝の求婚さえも拒んだかぐや姫は、中秋の名月の夜、月へと帰っていき

---

[1] 2017年11月1日から11月30日まで国際子ども図書館で開催した展示会。以下のウェブサイトから展示資料リストがダウンロード可能。国際子ども図書館『日本の絵本の歩み―絵巻から現代の絵本まで』<http://www.kodomo.go.jp/event/exhibition/tenji2017-03.html>

[2] 『竹とり物語』上，［江戸前期］［写］．

ます。「竹取物語」の物語は平安時代の頃から広く浸透しているにもかかわらず、現存する絵巻の数が30点足らずであるそうです。私共がインターネット上で公開している国立国会図書館デジタルコレクションでも全文を見ることはできますが、現物の絵巻を直に見ることができる機会は少ないと思いますので、是非この機会に御覧になってみてください。展示会場の外のラウンジには、この『竹とり物語』のタペストリーと「かぐやちゃん」パネルが立っております。よろしければ展示会にいらした記念に一緒に写真をお撮りいただき、SNSにアップして宣伝をしていただけると嬉しいです。

　時代が下るにつれて絵巻は広がりを見せていきます。鎌倉時代には最も多く絵巻が作られたものの、依然として皇族や公家、そして寺社などの享受層が鑑賞するにとどまりました。室町時代に近づくにつれ、平安時代の『源氏物語絵巻』のような長編の貴族の恋愛以外にも短編の昔話などが絵巻に取り入れられました。11月16日から始まる後期で展示する予定の『伊吹とうし』[3]は室町時代に成立したといわれる昔話の1つです。源頼光の鬼退治で知られている酒呑童子の生い立ちを語っているもので、童子の誕生から近江国伊吹山（現在の滋賀県米原市付近）で不老不死の薬草や動物に護られて成長し、丹波国大江山（現在の京都府福知山市付近）に棲むまでの物語が描かれています。展示されている絵巻は江戸前期に作られた写しですが、鳥の子の料紙に極彩色の絵、全巻に金箔が散らされている大変豪華な作りです。

　同じ室町時代には能、歌舞伎、浄瑠璃の演目として有名な「道成寺」の物語も成立したとされています。この「道成寺」には一般的に知られている安珍と清姫が登場する物語以外に、より御伽草子的な内容となっている「賢学草子」という物語もあるようです。主人公の僧侶の名前が賢学であることから、このように呼ばれています。今回展示している『道成寺繪巻』[4]には「賢学草子」の物語が展開されています。展示されている絵巻は最初の部分がありませんので、はっきりとしたことは分かりませんが、他の絵巻に描かれている「賢学草子」は以下のような内容になります。三井寺の修行僧である賢学は遠江国（とおとうみのくに）の橋本（現在の静岡県湖西市）の長者の娘と契りを結ぶ運命にあると夢の中で告げられます。その話が現実かどうかを確かめるために、賢学は橋本に向かい、長者の屋敷に5歳の娘がいるのを確認します。賢学はこの娘のために仏教の戒律を破ることは恥ずかしいことだと思い、娘を剣で刺し殺して逃げます。しかし、娘は奇跡的に生き延びて、美しく成長し、16歳になると清水寺にお参りします。偶然居合わせた賢学は娘の美しさに心を奪われ、契りを交わします。娘の身の上話から、賢学は自分が過去に殺したはずの娘であることを知り、全てを告白して、絆を断つために逃げ出します。娘はそれでもひたすら慕って追い続け、先に船に乗って逃げた賢学を捕まえるために、龍蛇になって川を渡ります。賢学はとある寺の鐘の中に隠れますが、龍蛇は鐘を巻いて砕いてしまい、賢学を掴んで日高川の底に沈んでいきます。この絵巻は江戸時代に模写されたものの一つで、道成寺の物語に関する絵巻は当時様々なものが作られていたようです。

2．絵本の歴史

　室町時代から江戸時代へと移り変わる頃になると、巻物から冊子体への形態の変化、手書きから印刷への変化が見られます。

　室町時代から江戸時代初期まで京都を中心に製作されていた絵入りの彩色本は「奈良絵本」と総称されています。研究者によると、奈良の絵屋町で絵師たちが量産して作成していたので、奈良絵本と呼んでいたという説もありますが、はっきりとしたことは分からないそうです。奈良絵本は絵も字も手書きによるものでした。表紙には雲形を漉きだした内雲（うちぐもり）のものや、金泥で秋草を描いたもの、挿絵には朱、緑青（ろくしょう）、金銀を施した華麗な絵本も作られました。それまでに作成された絵巻には、まれに金色が使われる程度でしたが、室町時代には金箔や金泥を用いた華麗な絵本が見られるようになりました。当時は黄金趣味が流行した時代でもあり、必ずしも金色を必要としないところにも使用されているものが多いそうです。

---

[3] 『伊吹とうし』［江戸前期］［写］.
[4] 『道成寺繪巻』[2]，［江戸時代］［写］.

初期の奈良絵本には、冊子体で裏表のページ数枚にわたって絵が続くなどの絵巻の名残があります。冊子体への変化については、絵巻の鑑賞はいささか不便であったことが原因ではないかと推測されています。絵巻は重く、左手で少しずつ開き右手で巻き、詞書と絵が交互に現れ、右から左へと見て、物語を楽しみます。例えば竹取物語でかぐや姫が月に帰るという場面に近づいた時に、ふと小さかった時の姿を見たいと思ったら、何メートルも巻き直さないといけませんでした。こうして人々は詞書と絵の境目で折り、巻き戻さずに他の場面に容易に見られる折畳み本のような形式、いわば冊子体を作るようになりました。

　今回の展示会で御覧いただける横長の形態をした奈良絵本『小袖曽我』[5]は綴じを意識した配置になっており、巻物から冊子体への変化がはっきりと分かります。『小袖曽我』の話は能や幸若舞で有名なので御存じの方もいらっしゃると思います。幸若舞は物語を音と舞と一緒に語る芸能の一つで、当時の武士に好まれていました。幸若舞曲は、宮廷生活の物語や仏教説話と同じように、奈良絵本の題材になっていきました。小袖曽我は、父の仇討ちを決意した曽我十郎祐成、五郎時致（ときむね）の兄弟が母の元を訪れ、出家せよとの母の言いつけを破ったために勘当されていた時致の勘当を解いてもらい、母に別れを告げる、というお話です。勘当を解くことが最初はなかなか許されないのですが、最後には許されて母の小袖を与えられ旅立ちます。

　奈良絵本の享受層は武士や町衆（まちしゅう）へと次第に広がり、より庶民的な趣向も反映していきます。貴族が楽しんだ人間心理や生活の情趣を優雅な文体で書くよりも、起伏の多い物語を筋の展開を中心に短い文章で書き、絵は格調高いものというよりも概念が理解しやすいように誇張したものになっていきました。文章が短く、絵が大雑把でも良かったため、絵巻一冊を仕上げる労力で奈良絵本を何冊分も制作することが出来ました。

　次に御紹介する奈良絵本は『小敦盛』[6]という「平家物語」の「敦盛最期」の後日譚として語られているお伽草子です。若くして散った平敦盛の息子の小敦盛が、捨て子となるものの、法然上人に育てられ、母との再会を果たし、亡き父敦盛の亡霊に出会って出家するまでの物語ですが、当館には母との再会以降が描かれている下巻しか所蔵はありません。この奈良絵本も金箔が随所に使われており、華やかな作りになっています。こちらは11月16日からの後期で展示します。

　奈良絵本と同時に、室町時代では作風が素朴な絵巻も作られていました。後期で展示する資料の中に『付喪神記』[7]という可愛らしい絵巻があります。皆様はこれから図書館の中を見学すると、何体かの付喪神のキャラクターに会うと思いますが、それらの付喪神は『付喪神記』に載っているものです。『付喪神記』の原画は土佐光信（1434-1525）ですが、当館で所蔵しているのは江戸時代に模写されたものになります。100年を越えるような長い年月を経て古くなった物には、神や精霊（霊魂）などが宿るとされており、それらは付喪神（九十九神）といわれています。この物語では古くなってしまったために捨てられた道具たちが、人や鬼や動物の形の妖怪となって仕返しをします。妖怪たちは人間に悪さをして、酒盛りやお祭りをして楽しみますが、やがて護法童子に退治され、命を助ける代わりに、これからは人間に危害を加えたりせず、仏教を大切にすることを約束させられます。妖怪たちは出家して修行を積み、最後には即身成仏します。展示会場では『付喪神記』と非常に似ている『付喪神繪』[8]を前期の11月14日まで展示しています。『付喪神記』と『付喪神繪』を比べると、妖怪たちの描かれ方が異なっており、『付喪神繪』の方が、若干妖怪たちは緩く描かれているように思われます。例えばこの鬼を見比べてみてください。同じ模写でも、描く人によって雰囲気が異なります。

　江戸初期には印刷技術の発達により、京都を中心に奈良絵本をまねた木版本が流行します。奈良絵本のように手書きによって一冊ずつ制作するのではなく、印刷という複製技術によって一度に数百冊の絵本を生産するようになりました。この木

---

5 『[小袖曽我]』[江戸前期][写].
6 『[小敦盛]』下巻,
7 『付喪神記』[江戸時代][写].
8 『付喪神繪』[江戸時代][写].

版本は版木による墨絵の中に丹色（赤みがかったオレンジ）や緑色など、手で彩色を施したものでした。これを「丹緑本」といいます。絵と文が対のページではっきりと分かれていて、奈良絵本と違って絵巻の名残は残っていません。題材などは奈良絵本と重なる部分が多く見られます。

今回展示している『義経記』[9]は源義経の生涯を主題にした丹緑本です。「義経記」という物語は室町時代に成立し、能や浄瑠璃の題材にもなりました。江戸時代を通じて版本も数多く出されています。当館のものは江戸時代初期に作られたと推定される挿絵入り『義経記』の最初の版本で、珍しく完全な状態で残っています。紺地に金泥で草花を描いた表紙と共に、中のページには丹、緑、黄、茶、あずき、紺の彩色が施されています。

後期からは、丹緑本は『くまのゝほんち』[10]に入れ替える予定です。この『くまのゝほんち』には熊野権現の由来が描かれています。天竺の摩訶陀国の大王は、千人の妃がいながらも子どもはいませんでした。五衰殿に住む妃は身分が低かったのですが、大王の目に留まり、やがて懐妊するも、妬んだ周りの妃たちの陰謀によって殺されます。五衰殿の妃は首をはねられる直前に王子を生み、王子は遺体の乳房から乳を与えられ成長します。父王と再会し、仏の力により母が蘇生し、やがて親子三人は日本に飛来して、熊野の神々となった、という物語です。丹緑本『くまのゝほんち』には挿絵が多く、熊野の山々や神社仏閣が丹、緑、黄、紫に彩られています。江戸時代前期頃に熊野信仰が流行したことと密接な関係のある資料だといわれています。

江戸時代中期になると、出版の文化は京都・大阪方面から江戸へと移り、印刷業も盛んになってきました。その頃、子どもを読者として意識した草双紙[11]と呼ばれる絵入り小説の形態が現れます。丹緑本と同様に絵と文を合わせて鑑賞できる冊子体でしたが、絵と文のページがはっきり分かれている丹緑本と違い、草双紙は絵と文が一緒に書かれています。

草双紙は表紙の色や製本の変遷によって「赤本」「黒本・青本」「黄表紙」「合巻」と名称が変わっていきました。木版印刷で量産して、安価にするために本文には色はついていません。武士階級や富裕町人層のみならず、都市部の一般庶民でも購入でき、子どもたちも楽しめるようになりました。初期の草双紙である赤本は一冊五文で販売されていたといわれており、町人層であれば子どもは一日一文程度のお小遣いをもらえたため、数日のお小遣いで子どもが買えるぐらい身近なものでした。

赤本は鮮やかな丹色の表紙を持つ、昔話などを載せた草双紙でした。大きさは中本（約美濃紙半裁二つ折り 14×20cm）で、一冊五丁（10ページ）でした。毎年、お正月に出版されていました。この赤本より一回り小さい（13.7×9.4cm）赤小本と呼ばれる本が、先に出回っていました。赤本は絵が中心で、文章は絵を補うような役目を果たしていました。初期の頃は見開きのページを線で上下に分けて、上段に文章を書いて下段に絵を描いていましたが、次第に全てのスペースを絵で埋めて、隙間に文章を散らして書く形に変化していきました。

それでは、まず赤小本の『むぢなのかたきうち』[12]を紹介します。現在確認できる赤小本は2〜3点しか存在しないそうで、この『むぢなのかたきうち』はそのうちの1点である大変貴重な本です。狢は狸の誤称で、この物語は昔話「かちかち山」の古い形です。山で畑を耕すおじいさんのもとに、おばあさんがお昼ご飯として団子を持ってきたのですが、おじいさんは団子をむぢなの穴に落としてしまいます。もったいないので穴を掘ると、大きな古むぢなが出てきて、おじいさんはこのむぢなを捕まえて、おばあさんはそれを縛って家に持って帰ります。おばあさんがむぢなを天井に吊して臼で粟を搗いていると、むぢなが「わたしが搗きましょう」と言うのでおばあさんは縄を解いてあげます。むぢなはわざと粟をこぼしておばあさんが拾うところを手杵で搗いて殺して、おばあさんを汁に炊きます。帰ってきたおじ

---

9 『義経記』[3]，[出版者不明]，[元和・寛永頃].
10 『くまのゝほんち』[寛永末-正保頃].
11 絵双紙ともいう．

12 『むぢなのかたきうち』[江戸前期].

いさんに、むぢなはおばあさんの布団をかぶって寝たまま、「むぢな汁を煮ておきました。わたしは病気で起きられません。」と言い、おじいさんに汁を食べさせます。残念ながらこの本はここで終わってしまっており、後半の物語を確認することはできません。

展示会では前期と後期に分けて赤本を2作品紹介しています。前期である現在展示しているのは、『ふんふく茶釜』[13]の赤本です。皆さんが御存じの分福茶釜は、茂林寺の和尚さんが古道具屋で良い茶釜を見つけて、その中に水を入れて火にかけると熱がって狸になり、古道具屋に売られてしまいますが、その後見世物小屋で人気者になる、というお話ではないでしょうか？こちらの内容は茶釜に化けるところは似ているのですが、それ以外の筋は大きく異なります。

東山殿の茶坊主のぶん福が秋の山へ行楽に出かけます。茶坊主というのは、刀を差さずに剃髪であるため坊主と呼ばれていますが、実際は武士で茶の湯などの手配をする身分のことです。ぶん福は谷底で古狢が藻を被って化けているのを見つけ、羽織を被って歌いながら踊って近づき、狢を縛って捕まえます。ぶん福は、仲間たちに獲物を自慢して、狢を俎に載せて料理しようとします。狢は死んだふりをしてぶん福たちを油断させて逃げ出します。追い詰められた狢は叢に逃げ込んで茶釜に化けます。ぶん福と仲間たちは茶釜を持ち帰ってお湯を沸かしてみると、狢は熱くなって正体を現します。最終的にはぶん福たちは狢を捕らえて、東山殿から御褒美にあずかるという物語です。

展示会後期では『ふんふく茶釜』に代わって『鼠よめ入』[14]という可愛らしい赤本も紹介する予定です。「鼠の嫁入り」と聞くと、鼠が娘を一番強いものと結婚させようとして、太陽、雲、風、壁とめぐり、最後に鼠が一番強いことになって、鼠と結婚させる、というお話を思い浮かべると思いますが、この話は全く異なります。お見合い、結納、結婚、子育てに至るまでの仕来りを、擬人化した鼠を通して紹介しているお話です。9つの場面に分かれています。1番目の場面はお嫁さんを迎える家で、使用人たちがお掃除や水打ちをします。2番目の場面は諸白（今でいう清酒）、結綿、熨斗鮑など結納の品が届き、両家が挨拶します。3番目の場面は結納の祝膳です。料理番、下働の膳へ御祝儀の銭が振る舞われます。4番目の場面では女鼠たちがお化粧をしたり、針仕事をしたりしています。5番目の場面では料理場が描かれています。蛸を洗ったり、鯛を焼いたり、鴨の羽をむしったり、竈の番をしています。中にはお料理をしながらお酒まで飲んでいる鼠もいます。6番目の場面では嫁入りの行列が描かれています。これが意外と長く6ページ分も行列が続いています。7番目の場面では中央に島台を飾った婚礼の様子が描かれています。8番目の場面では出産の様子が描かれています。昔は座産が一般的で、このように床に腰掛けて産婆さんの介助を受けながら産んでいたそうです。9番目は宮参りの様子です。巫女鼠が「猫の災難逃れるやうに」と祈る様子も、鼠ならではです。

17世紀後半になると草双紙は赤本から黒い表紙の黒本へ変わり、冊数も一冊から二、三冊へと増えていきます。物語性も加わり、大人も楽しめる内容になってきます。その頃、赤い色の顔料が高騰したことで表紙が黒になったのではないかといわれています。さらに、当時流行していた浄瑠璃本の多くは黒色で、黒の方が赤よりも大人っぽいとして当時は歓迎されたのではともいわれています。

この展示会では『渡邊綱物語』[15]という黒本を紹介しています。渡辺綱は酒呑童子を倒したことで有名な源頼光の四天王の筆頭として知られている人です。この四天王の他のメンバーでは、金太郎の物語で有名な坂田金時もいます。この平安時代に活躍した渡辺綱の出自から武勇伝、さらに昇天までを他の物語のパロディーも交えながら、1ページずつ描いています。

1775（安永4）年に刊行された恋川春町（1744-1789）の『金々先生栄花夢』には、主人公の金村屋金兵衛が栄華を望んで江戸に出て、途中立ち

---

13 『ふんふく茶釜』［鱗形屋］, ［江戸中期］.
14 『鼠よめ入』［鶴屋喜右衛門］, ［江戸中期］.
15 『渡邊綱物語』［山本］, ［江戸中期］.

寄った粟餅屋で、うたた寝をして夢を見ている姿が描かれています。この本をきっかけに草双紙は大人の読者を意識したものになり、それ以降 1807（文化4）年までの草双紙を黄表紙と呼びます。黒本が青本へと進化していき、その青い表紙が藍ではなく雑草などの葉っぱをつぶした安い染料だったためにすぐに褪色して黄色へと変わるため、それならば最初から黄色い表紙を付けることになったため黄表紙というようになったという話もありますが、詳細は分かっておりません。黒本は赤本の啓蒙的な内容が残っており、青本はさらに物語の幅が広がり、黄表紙ではユーモアの部分が拡大されて遊郭も題材となり、成人向けになりました。ただ、この時代は大人と子どもの分化が行われていないため、成人要素が多くても子どもは子どもなりに鑑賞して、親が補足するというコミュニケーションができていたのではないかと推測されています。

この展示会では『初登山手習方帖』[16]という黄表紙を紹介しています。この作者は『東海道中膝栗毛』で有名な十返舎一九（1765-1831）です。長松という男の子が、夢の中で天神様から諭されて、手習いに励んで上達するという話です。親に勉強するように言われる場面の次のページからは、長松の夢の世界が描かれています。天神様は部屋中に落書きをしたり、吉原に連れて行ったり、と長松の好きなことをさせてあげ、さらに面白いところに連れていく代わりに手習いをするように言いますが、根性のない長松は一日で手習いをやめてしまいます。天神様は面白いところだと誘って、初登山のふもと（学問）に長松を連れていきますが、山を登る子どもを見ても長松は笑うだけで登ろうとしません。けれども手習い帖の鎧に筆の刀や槍を持った子どもを見て、長松もついに手習いをする気になり、夢から覚めても夢の中で手習いをした内容を覚えていて、さらに上達します。この『初登山手習方帖』には凧の絵に東洲斎写楽（江戸中期）の絵が描かれていると話題になったこともあります。

明治時代中期からは和装和綴じの絵入り本「ちりめん本」も出版されます。まずは和紙に色ごとに何度も木版で絵を刷り、その上に欧文を活字にした文章を印刷します。刷った和紙を軽く湿らせて円筒状のものに巻いて上から押して縮め、縮めた和紙を開いて別の方向に8回以上同様に縮め、絹織物の縮緬のようなしわ加工を施しました。縮めた紙は原紙の 80 パーセントの大きさとなり、15 × 10cm の小型本に仕上がりました。一冊で 500 部から 1,000 部ほど刷ったそうです。

昔話をはじめとする日本文化に関する書物を、当時宣教師などとして来日した外国人が執筆・翻訳していました。あの小泉八雲（ラフカディオ・ハーン, Lafcadio Hearn, 1850-1904）も翻訳を担当しています。余談ですが、この図書館の正面には小泉八雲の像がありますので、お帰りの際に御覧になってみてください。ちりめん本の絵は日本画の絵師が手がけています。英語のほかにも、フランス語・ドイツ語・オランダ語・スペイン語などがあり、日本に居住する外国人の読み物、外国語の習得を目指す日本人の教科書、輸出品以外に、外国人の日本観光土産としても人気だったようです。

このちりめん本の中でも、明治中頃から昭和の初めにかけて長谷川武次郎（1853-1936）が出版した「日本昔噺」シリーズが有名です。このシリーズの英語版は、1885（明治18）年の第1号刊行以降、計 31 冊が刊行されました。第 1 号は *Momotaro*（桃太郎）[17]です。この *Momotaro* の翻訳を担当したダビッド・タムソン（David Thompson, 1835-1915）は 1862（文久2）年、アメリカ長老派教会宣教師として来日し、1871（明治4）年に岩倉使節団に通訳として同行したことで知られています。絵は小林永濯（1843-1890）という浮世絵、新聞挿絵なども手掛けた日本画家が担当しました。

今回の展示会では他にも前期・後期合わせて *The old man who made the dead trees blossom*[18]（花咲爺）、*Japanische Märchen：Der Kampf der Krabbe mit dem Affen*[19]（猿蟹合戦）などを御紹介していま

16　十偏舎一九［画作］『初登山手習方帖』［榎本屋吉兵衛］, 寛政8［1796］序.

17　Translated by David Thompson, *Momotaro*, T. Hasegawa, 1886.
18　Translated by David Thompson, *The old man who made the dead trees blossom*, T. Hasegawa, 1885.
19　*Japanische Märchen: Der Kampf der Krabbe mit dem Affen*, T. Hasegawa, 1885.

す。この2タイトルとも絵は小林永濯が担当しています。展示会後期で紹介する「花咲爺」の英語版も、先ほどの「桃太郎」と同じタムソンによる翻訳です。悪いおじいさんが表紙になっていますが、版によっては良いおじいさんが表紙になっているものもあるようです。ドイツ語版の「猿蟹合戦」を翻訳したアドルフ・グロート（Adolf Groth, 1854-1934）は、ドイツ生まれで1880（明治13）年に来日し、帝国大学でドイツ語とラテン語を教えていたそうです。この「猿蟹合戦」の絵では面白いことに臼、杵、蜂、卵の表情が実に渋く、なぜか主人公の猿と蟹を差し置いて表紙に登場しています。

3．明治から戦前期までの絵本と絵雑誌

明治時代から戦前期までは、単行の「絵本」と「絵雑誌」という、二つの大きな流れを追いながら御紹介します。

明治時代初期、近代に入った日本では文字と絵が配された絵本的要素を持つ本が刊行されました。そして明治時代後半になると、それまでの木版印刷に代わって西洋の新しい印刷技術である多色印刷が導入され、飛躍的に普及しました。また、西洋から近代的児童観がもたらされたこともあり、国内でも学齢未満の子どもたちに対する幼児教育制度が整備され始めます。日清・日露戦争期の好景気も背景となり、子どものため、という位置づけの絵本・絵雑誌が登場します。

その後、1938（昭和13）年に国家総動員法が制定、同年「児童読物改善ニ関スル指示要項」が通達され、戦局により出版物に物理的・内容的に統制が加えられたことも、この時代における着目すべき出来事でした。

(1) 絵本

1870（明治3）年に出版された『絵入智慧の環』[20]は、近代日本の絵本の起点といわれています。初編は文字と絵を組み合わせて身近な物や言葉などを子ども向けに示していて、今日の知識絵本にもつながる本です。

20　古川正雄 著『絵入智慧の環』古川正雄, 1870.

明治時代末期には、「画帖」や「絵ばなし」が出版され始めます。「絵本」という呼称が一般的になるのは大正時代終わり頃から昭和時代初期にかけてのことで、明治・大正時代には「画帖」又は「絵ばなし」という呼び名が一般的でした。1911（明治44）年から大正時代初期にかけて刊行された「日本一ノ画噺」シリーズ（全35冊）は、巖谷小波（1870-1933）の文に著名な画家3人が交互に絵を描いた優れたデザインの小型本で、日本の近代絵本史に残る傑作といわれています。この頃から、絵と文が互いに補い合い、調和して一つの世界を作り上げるという点で、今日にも通じる、現代的な「絵本」の傾向が現れてきます。

大日本雄弁会講談社が1936（昭和11）年に創刊した、「講談社の絵本」というシリーズがあります。1冊につき1テーマの単行形式の定期刊行本です。1942（昭和17）年に終刊となった後は「コドモヱバナシ」と改題し、1944（昭和19）年まで続きました。読むだけでなく見ることにも重点を置いた豪華な絵本を目指し、当時一流の日本画家や洋画家を起用していました。ページの隅々まで彩色された印刷は見応えがあり、絵本を広く一般に浸透させるのに重要な役割を果たしました。時局の変化に伴い、愛国精神を反映したものや戦争に関する美談なども含みつつも、昔話、漫画集、物語絵本、科学絵本など、幅広い内容を子どもたちに提供しました。

(2) 絵雑誌

絵雑誌とは、1900年代に誕生した多色刷りの雑誌で、文に絵が添えられているのではなく、絵を中心とした構成が特徴でした。最初のカラー絵雑誌は、1904（明治37）に大阪で創刊された『お伽絵解こども』とされています。西洋の物語を紹介し、挿絵にも西洋の影響が顕著にみられます。

明治期には想定読者層を少年のみから少女へと広げ、さらに低年齢層へと多様化していきました。その流れの中で、幼年向けに絵を中心とした絵雑誌が次々と刊行されるようになりました。『幼年画報』（1906（明治39）年創刊）、『子供之友』（1914（大正3）年創刊）、『コドモノクニ』（1922（大正11）年創刊）もこの時期に登場した雑誌です。

その後は戦争統制の影響を受け、次第に絵雑誌の統廃合が進められ、当時の『キンダーブック』(1927 (昭和2) 年) は『ミクニノコドモ』、学年別雑誌『幼稚園』(1932 (昭和7) 年) は『ツヨイコヨイコ』というように、戦争の影響を感じさせる名称へと改題される動きもありました。

4．現代の絵本

1945 (昭和20) 年、第二次世界大戦が終わりました。出版界も壊滅的な状態にありましたが、今までとは異なる新しい価値観のもとに再出発します。1949 (昭和24) 年まではGHQによる検閲があり、また、戦後しばらくは仙花紙と呼ばれる粗悪な紙しか手に入りませんでした。そのような状況下でも、編集者・研究者・翻訳者たちは、新しい日本の絵本を作り出そうと模索します。

1950年代頃になると、文も絵も両方手掛ける新たな作家たちが現れます。

高度経済成長や第二次ベビーブームを背景に絵本の年間出版点数が伸びた1960年代から1970年代にかけては、日本の絵本の黄金期と言われます。モンゴルの伝統楽器「馬頭琴」の由来にまつわる、少年スーホと白い馬の話が描かれている赤羽末吉 (1910-1990) の『スーホの白い馬』[21]や、いわさきちひろ (1918-1974) の『あめのひのおるすばん』[22]もこの頃誕生しました。それぞれの作品で、赤羽末吉は鮮やかな色彩と大胆な構図で展開される絵と物語を一体化し、読者をよりドラマチックな世界へと導き、いわさきちひろは繊細なタッチの水彩画とシンプルな言葉で雨の日にひとりで留守番をする女の子の心情を表現しました。

経済的に社会が安定すると共に、各作家・画家の個性も一段と発揮されるようになり、様々なジャンルが誕生します。絵だけで物語やテーマが展開し、画面中に文字が書かれていない「文字なし絵本」、長新太 (1927-2005) や井上洋介 (1931-2016) などが新たに切り開いた、独特のユーモアで展開する「ナンセンス絵本」という分野も見られるようになりました。長新太は『キャベツくん』[23]でキャベツくんを食べた動物たちの姿を、ユーモアたっぷりに描き、井上洋介は『でんしゃえほん』[24]でゆっくりと動くおさんぽでんしゃ、ひとり乗りのぜいたくでんしゃ、かぶとむしでんしゃなど、現実にはありえないような愉快な電車を次々に登場させました。

扱われるテーマにおけるタブーも次第に取り払われ、社会問題や死といった題材が取り上げられるようにもなりました。

1980年代に入ると、描かれるテーマは一層多様化し、戦争やいじめ、公害などにも目を向けたノンフィクション絵本が登場します。また、より芸術的な作品が現れてきたことで絵本をアートと捉える見方も生まれ、読者層が広がりました。歌とアコーディオンが得意な男の子ユックリと、ダンスが得意な女の子ジョジョニの出会いの様子を鮮やかな色彩のイラストで描いている『ユックリとジョジョニ』[25]や、公園に捨てられていたところを拾われ、家族の一員になった猫のシジミの日常生活を、やわらかなタッチのイラストで描いた『ねこのシジミ』[26]もこの頃誕生しました。

その後、少子化やゲーム・アニメ・漫画などの普及により子どもの活字離れが語られるようになった一方、国会の衆議院・参議院両院において2000 (平成12) 年が「子ども読書年」とする決議がなされたことを契機として、各地で読書推進活動に関する取組が活発化していきました。自治体から赤ちゃんに絵本を手渡す「ブックスタート」への展開も見られ、赤ちゃん絵本ブームともいえる現象が起きました。

そして、2011 (平成23) 年3月11日に発生した東日本大震災とそれに伴う福島第一原子力発電所事故は、絵本の世界をも揺り動かしました。現実と向き合う絵本もあれば、何気ない日常の大切さを描いた絵本などが出版され、今現在も様々な形で影響を及ぼしています。絵本作家の長谷川義史は、宮城県石巻の子どもたちのために『ラーメンちゃん』[27]という絵本を描きました。ラーメン

21　大塚勇三 再話, 赤羽末吉 絵『スーホの白い馬』福音館書店, 1967.
22　岩崎ちひろ 絵・文, 武市八十雄 案『あめのひのおるすばん』至光社, 1974.
23　長新太 作『キャベツくん』文研出版, 1980.
24　井上洋介 作『でんしゃえほん』ビリケン出版, 2000.
25　荒井良二 作『ユックリとジョジョニ』ほるぷ出版, 1991.
26　和田誠 作『ねこのシジミ』ほるぷ出版, 1996.
27　長谷川義史 作『ラーメンちゃん』絵本館, 2011.

ちゃんが「なんとか なるとー」「しなちーく よろちーく」と読む人に元気を与えてくれます。

　展示会場では、本稿で紹介したもの以外も含めた約270点の資料により、詳しく日本の絵本の歩みを御紹介しています。また、本のミュージアムに接するラウンジスペースでは、絵巻（『絵因果経』、『竹とり物語』、『付喪神記』）全体を流れるように見られるデジタルコンテンツをモニターで流しています。展示されている絵巻と併せて、是非御覧ください。

（ひがしがわ　あずさ）

（主な参考文献）

奥平英雄 著『絵巻』美術出版社, 1957.
赤井達郎 著「特集 奈良絵本」『日本美術工芸』386, 1970.11.
「日本の「古絵本」」『芸術新潮』27(6), 1976.6.
鈴木敏夫 著『江戸の本屋』中央公論社, 1980.
小林健二 著「物語の視界50選 賢学草子」『国文学 解釈と鑑賞』46(11), 1981.11.
鈴木重三, 木村八重子 編『近世子どもの絵本集』岩波書店, 1985
上笙一郎 著『近代以前の児童出版美術』久山社, 1995.
奈良国立博物館 編『奈良国立博物館の名宝：一世紀の軌跡』奈良国立博物館, 1997.
鳥越信 編『はじめて学ぶ日本の絵本史. 1』ミネルヴァ書房, 2001.
鳥越信 編『はじめて学ぶ日本の絵本史. 2』ミネルヴァ書房, 2002.
鳥越信 編『はじめて学ぶ日本の絵本史. 3』ミネルヴァ書房, 2002.
石澤小枝子 著『ちりめん本のすべて』三弥井書店, 2004.
石川透 編『魅力の奈良絵本・絵巻』三弥井書店, 2006.
木村八重子 著『草双紙の世界』ぺりかん社, 2009.
中川素子, 吉田新一, 石井光恵, 佐藤博一 編『絵本の事典』朝倉書店, 2011.
サントリー美術館 編『絵巻マニア列伝 Picture scroll enthusiasts : 六本木開館10周年記念展』サントリー美術館, 2017.

国立国会図書館『第137回常設展示 「竹取」物語』< https://rnavi.ndl.go.jp/kaleido/entry/jousetsu137.php >
国立国会図書館『国立国会図書館の和古書　展示資料』
< http://dl.ndl.go.jp/view/download/digidepo_8331369_po_2012jsw_07.pdf?contentNo=8&alternativeNo=>
国立国会図書館『奈良絵本・丹緑本』< http://www.ndl.go.jp/exhibit60/copy3/2naraehon.html >
国立国会図書館『第88回常設展示「お伽の国」日本とちりめん本』
< http://dl.ndl.go.jp/view/download/digidepo_999527_po_88.pdf?contentNo=1&alternativeNo=>
立教大学『竹取物語デジタルライブラリ』< http://library.rikkyo.ac.jp/digitallibrary/taketori/index.html >
大阪府立大学ハーモニー博物館『道成寺縁起絵巻』
< http://www.museum.osakafu-u.ac.jp/html/jp/library/emaki/dojyoji.html >
和歌山県立博物館『道成寺縁起の異本　―日高川草紙―』
< http://kenpakunews.blog120.fc2.com/blog-entry-506.html >
小林忠『浮世絵の構造』学習院大学大学院人文科学研究科美術史学専攻 Web Library.
< http://www.gakushuin.ac.jp/univ/g-hum/art/web_library/author/kobayashi/structure_of_ukiyoe/03.html >

おわりに

石井　光恵

皆様、長い時間お疲れ様でした。

今回の企画では、絵本の視覚表現性、絵からのアプローチということで、4つの講義を展開しました。絵本の視覚表現性とか、絵本のメディア性ということに耳を傾けていただいて、絵本はそんな方向にも進んでいたのかと思われた方もいらしたと思います。日頃は聞き慣れない視点について、集中的に御紹介させていただきました。目先の変わった講座で、楽しんでいただけたのではと思います。

しかし、これも一つの視点に過ぎません。皆が皆このような見方をするわけでも、できるわけでもありません。ただ、こうした視点を知ることで、絵本への視野が広がることは確かです。絵本への考え方が広がる「糸口」を紹介させていただいた企画であったかと思います。

現在出ている絵本たち、また、今後出てくる絵本たちを理解し、楽しんでいただくための手掛かりとなれば幸いです。言うなれば、新しい絵本をどう読むか、絵本の絵へのまなざしの企画でもあり、絵本の絵についても我々は一人一人自分の視点を持って読むということの確認でもありました。その視点を少し変えてみると、違った絵本の姿が立ち現われてくる、ということが御理解いただければ、この講座を受けていただいた意義があります。

さて、昨日の御質問の中に、古典的な絵本の紹介についての御質問がありました。今回の企画との兼ね合いでも、重要な御質問だったかと思います。私は、古典への眼差しをぶれずに持ち続けることは、何よりも重要な点であると思います。古典を踏まえた上での、新しい絵本であるからです。

過去には計り知れない点数の絵本が出ています。それなのに、なぜその絵本が古典となり得たか。古典になったのは、ほんの一握りの絵本と考えられます。なぜその絵本が、多くの絵本の中で生き残れたか。その確認は各自がされる必要があると私は思っています。古典的な絵本は、「良い絵本と言われているから良い絵本」なのではないのです。御自身が読んで、「この絵本、やはり絵本として良いな！」と思える確信が必須です。

古典の絵本は、長い時間をかけ多くの人の目を通って、いろいろな状況をくぐりぬけ、生き残ってきた絵本たちです。そうなるためには、それらの絵本たちが人々に愛されるそれなりの要素を持っていたことになります。今回紹介のあった『いないいないばあ』[1]は、一番出版冊数の多い、それもダントツに多い絵本です。古典として50年もの時をかけて愛され続けています。なぜこの絵本が長い間愛され、ここに今残っているのか。何が良かったのか。絵本をもう一度点検してみてください。

一方で、御自身が「これは！」と思える古典絵本を、子どもたちや、絵本について知りたい人たちに紹介されると良いと思います。

絵本の蓄積は、ずいぶんとなされてきました。今回の講座でもそれをお分かりいただけたと思います。今井先生のお話では1900年代から現代に至るまでの100年という長い期間を扱われましたし、松本先生のお話にあったように『死者の書』から始めればもっと昔からの蓄積を学ぶことができると思います。

絵本そのものも、また日本の絵本にも蓄積があります。重要なのはそれらをどう読み解くかです。「良い絵本と言われているから良い絵本」という感覚は今日限り捨てていただきたいと思います。それは、絵本を硬直化させることですし、駄目にすることだと思うのです。御自身の目で、これは良いと思ったものを紹介していく、伝えていくことが大切です。

絵本を読み迷ったら、クオリティの高い古典に帰るということも必要かもしれません。2000年

1　松谷みよ子 文, 瀬川康男 絵『いないいないばあ』童心社, 1967.

おわりに

に入ってから、つまり21世紀に入ってから、日本の絵本の世界では、「和」テイストといわれる、日本文学の古典を絵本化することが起こっていました。いわゆる古典文学です。中には落語絵本なんかもありましたし、様々な古典文学が絵本として再現されるという現象が起こっていました。2009年前後に、日本の昔話絵本シリーズが各出版社から一斉に出たことがあります。各社が競って日本の昔話絵本シリーズを出版したのです。こうしたことも、一つの古典帰りの現象であるかと思います。新たな世紀を迎えた不安と、超情報化社会突入への不安があったのかもしれません。はたまた確かなものを求めていたということでもあったのか。または、古典のなかに斬新さを見出したのか—つまり、昔の人が何を考えていたのか、その考えていたことの斬新さを感じたのか。そのいずれでもあったのでしょう。

現在では、「怖い絵本」と呼ばれる、古典的な恐怖、怖さを絵本化するものが、人気を博しています。これは一斉にという状況ではありませんが、岩崎書店が先駆けとなり、それなりに売れている状況です。妖怪や今まで形のなかった怖いものを視覚化する絵本です。一時期の流行で終わるのかもしれませんが、すぐに終わるのかと思っていたら意外と続いています。

本を子どもに手渡していこうと考えている人たち、図書館の児童室を運営していこうとするような人たちにとっては、こうした奇妙な、怖い絵本の取扱いには苦慮するかと思います。本当にこういうものを置いていいのだろうかとか、こういうものをどのように読むのだろうかとか。そのような場合でも、そういった絵本をどう見るか、絵本を見る視点をどう取るかが一つの課題ではないかと思うのです。私はこう見るとか、私だったらこうだというふうに、御自身の見解をしっかり持つ必要があるように思います。

創作は、未来を目指して先を走りますが、研究はその痕跡を拾っての後追いです。絵本の方が先に走っていますので、それをどう読むかと見つめていくのは大変なことだと思います。時間がたってみると「ああそうだったのか」とその絵本の構想も社会的なニーズも汲めるのですが、今ここで判断するというのは、非常に難しいことだと思います。

この企画のテーマである「美術の視点から絵本を見る」ということに、これだけの方に興味を持っていただくのに30年かかっていることを思えば、それも納得のいくことでしょう。今回のような国際子ども図書館の講座で、多くの司書さんたちに参加していただいて、美術の視点から絵本を考えるという内容で2日間に渡る講座を企画できたのも、やはり30年近い研究の積み重ねと、絵本に対する視点を変えていこうという努力もあってのことだと思います。30年前にこの講座をしても、「ええっ？」という感想で終わっていたかもしれません。今回は、多分30年分の蓄積のおかげで、皆さんの心に響くものもあったかと思います。

今回の学びをこれからどうぞ、御自身の絵本を見る目磨きに活かしていってほしいと思います。今日最後に、松本先生からお話がありましたように、たくさんの絵本に自分自身で触れてみて、ここはこういうふうに読めるのではないかと、そういう目を養っていくことが一番大事だと思います。ですから、たくさん絵本のことを知りたい場合には、たくさん絵本を読んでみてください。いろいろな絵本に触れてみてください。御自身を磨いてください。そういう中から、絵の見方、読み方、ひいては絵本の見方、読み方も磨かれていくのだと思います。

今回の講義を、今後の児童図書サービス運営や絵本研究など、出版の方もいらっしゃいますから出版にと、様々に活かしていっていただければと思います。

ちょうど時間になりましたので、これでまとめとさせていただきます。ありがとうございました。

Picture Books as Art, Picture Books as Media
Transcript of the ILCL Lecture Series on
Children's Literature, 2017

Contents

Foreword	Kenichi Terakura	1
Introductory Notes		2
Contents		3
Lecture Programs		4
About the Speakers		5
Introduction	Mitsue Ishii	6
The Art of Picture Book Design	Mitsue Ishii	9
Picture Books as Art	Motoko Nakagawa	34
Picture Books and Graphic Design: Works of Graphic Designers	Yoshiro Imai	56
The Potential of Picture Books as Media	Takeshi Matsumoto	78
The ILCL Exhibition "A History of Japanese Picture Books: From Picture Scrolls to Contemporary Picture Books"	Azusa Higashigawa	98
Conclusion	Mitsue Ishii	108